狐狸的灼心

UNE HEURE DE FERVEUR

Muriel Barbery

［法］妙莉叶·芭贝里 著

张妹雨 译

中信出版集团 | 北京

献给舍瓦利耶

献给京都的

昭代，惠海，佐和子

圭佑，学，重典，智雄和友子

以及埃里克－玛丽亚

目录

Mourir	终了	1
Avant	往昔	7
Après	尔后	29
Longtemps	岁月	109
Ailleurs	他处	149
Naître	新生	227

终了

弥留之际，上野春望着一朵花，心想：一切都缘起一朵花。实际上，他的一生与三根"线"相系——第三根，仅仅是一朵花。一方小巧的寺庙花园坐落在他的面前，甘愿成为布满象征的一隅微景。千百年来的精神探寻最终凝结于这精致的布局中——他为此惊叹，转念又想：那么努力地追寻意义，而终究，竟归于一种纯粹的具象之"形"。

毕竟，上野春属于追求"形"的一类人。

他知道自己即将辞世，心里自话：终于，我归于万物。远处，法然院的禅钟敲响了四下——于他，这尚存于世的强烈感知令人晕眩。面前的花园：三块石头、一棵松树、一片沙地、一盏石灯笼和几处苔藓，被白墙灰瓦围绕着。园外，便是东山。这座寺名为真如堂。将近五十年的时间里，上野春每个星期都会走上一遍同样的路线——先去山上的主寺，再往下穿过墓地，最后回到寺院的入口。此外，他也是这儿的布施大户。

毕竟，上野春十分富有。

落雪在山涧的岩石上消融——他是看着这般景象长大的。溪流边是一座小小的家宅，对岸是一片高高的松树林，伫立于冰霜中。在很长一段时间里，他自认为对自然物质情有独钟，诸如岩石、水、树叶和木头。后来，当他明白了心中所爱其实是这些物质的"形"时，他成了一名艺术品商人。

艺术：系着他生命的三根线之一。

当然，上野春并非一夜之间就成了商人。换个城市又遇见良朋是需要时间的。二十岁时，他转身离开了大山，撇下了父亲的清酒产业，从高山市来到了京都。他当时既没钱也没人脉，但有着一笔不寻常的财富：尽管他对外界一无所知，但他了解自己。那是一个五月，上野春坐在木地板上，他如清酒般清晰地预见了自己的未来。四周，禅寺院落里有簌簌响声——一位当和尚的表亲此前在这儿为他安排了一间卧房。对前路的笃信与充裕的时光交合，赋予他一幅幻景——未来究竟会在何时、何地，是何面貌，概不知晓；但这幅幻景告诉他：一生致力于艺术，他定会成功。他的卧房面朝一个遮阴的小花园。远处，太阳在一片高大的灰竹上洒下熠熠金光。玉簪和冷蕨丛中长出几株鸢尾花，其中一枝尤为高挑，也最为纤细，随着微风摇曳。某处，钟声响起。时间淡去，上野春感到自己就是这朵花。而后，这种感觉转瞬即逝。

五十年后的今天，上野春看着同样的一朵花，十分讶异——竟又是五月二十日的下午四点钟。不过，不同的是，这一次他是在自己的内心看到的这朵花。相似之处还在于——鸢尾花、钟声、花园一并都在。此外，他还注意到一点：当下，在这一切之中，痛楚消融不复。他听到身后有声音，希望自己能独自待着。他想到圭佑正在某个地方等着他的死讯，心想：生命的形态凝练于三个名字中。

春，不想死的人；圭佑，不能死的人；罗丝（Rose），会好好活下去的人。

他的安息之处是在寺院住持的私人属地内。住持是圭佑的胞兄，而圭佑则是帮上野春达成毕生志愿的贵人。柴田两兄弟出身于京都一个古老的家族。这个家族自古就为这座城市供以漆匠和僧侣。由于圭佑既讨厌宗教又不喜漆器的闪亮，所以他选择了陶艺。不过，他同时也是一位画家、书法家和诗人。值得一提的是，春和圭佑的相识，最初缘于一个碗。春看到这个碗，便知晓了他一生的志趣所在。他从未见过这样的作品：那个碗以某种让他难以置信[1]的技艺呈现出新旧交融的特质。另一侧，一个男人瘫坐在椅子

---

[1] 原文为斜体，表强调，在本书中均用仿宋区分，下同。——编者注

里，看不出年纪，似乎有着跟这个碗如出一辙的质感——倘若可以这么说的话。男人喝得酩酊大醉。在春的面前，呈现着一道解不开的方程式：一边，是一个具备完美之"形"的作品；另一边，是它的创造者——醉汉一枚。经他人介绍之后，圭佑与春在清酒中结下了一生的友情。

友情：与上野春生命相系的第二根线。

今天，死神借花园之貌降临。除了相隔半个世纪的两个时刻之外，其他的一切都消逝不再了。一片云掠过大文字山的山峰，撒落鸢尾花的清香。他想：只剩这两个时刻和罗丝了。

罗丝：第三根线。

往昔

I

　　五十年前,上野春和柴田圭佑相识于长谷川智雄的家中。智雄是国家电视台艺术纪录片的制作人。日本人通常不大在家里宴客,但智雄家却时常宾朋盈门——日本艺术家、外籍艺术家,以及形形色色非艺术家的人都来往于此。他的家宅形如一艘帆船,搁浅在青苔遍布的海滩上:在其顶层甲板上,即便在严冬时刻,也可开窗吹风;船尾与真如堂的侧翼相依,船首则朝向东山。二十世纪六十年代初,智雄自己构思、画图并建造了这个居所,向渴求艺术、清酒和聚会的人敞开大门。聚会总是在友人们的欢声笑语中持续到深夜。艺术纯粹,清酒纯净,二者永恒如初,几乎没有任何东西能令其变质。

　　十来年间,长谷川智雄都是这般主理着这一方小丘。大家都如孩童般亲昵地称呼他为长谷川大哥或智雄兄。任何时间,无论他在家与否,都有人来来往往。大家都敬重他,希望自己如他一般,没有人对他心存芥蒂。智雄很喜爱圭佑，圭佑也欣赏他，巧合的是，他们俩都偏好寒冷。无论什么季节，他们都只穿短袖在寺院的小径上游走。一九七〇年一月十日的黎明时分，春初次加入了他们之列。清晨，小丘冻土如冰，石灯笼火光闪烁，空气中弥漫着火石和焚香的味道。那两人穿着单薄的衣服聊得不亦乐乎，而春裹在一件厚外套里直打寒战。不过，他并不在意。在这凛冽的黎明，他发现自己踏上了朝圣之路。虽然他的家在高山市，但他真正生活且将继续生活下去的地方则是真如堂这片高地。春不信前世之说，但他相信神明的存在。从此以后，他俨然成了一名朝圣者，不断地重返这一起点。

真如堂与其他寺院毗邻，坐落在城市东北部的一片山丘上，春也因此惯用了寺名指代这片高地。这里有满眼的枫树、古老的楼宇、一座木塔、石板路；自然，还有山顶与山坡上的墓地，这些墓地分属于真如堂和金戒光明寺。每每有收入进账，春都会各向这两座寺院慷慨布施一笔不小的数目。在近五十年的时间里，每个星期他都会经由红色的门廊往山上去，走到寺院，绕上一圈，再沿着两片墓地向南走，穿过第三片墓地，俯视片刻脚下的京都，再走下金戒光明寺的石梯，从寺院群落之间向北蜿蜒而行，最后回到出发的地方。一路上的每时每刻，他都感觉如同在自家一般闲适。自幼受到传统的熏陶，春自然而然成为佛教徒；他想要聚合生命中一切存在，这种想法让他坚信"佛教"是他的文化赋予艺术的名字——或者至少，是艺术的根源——是谓精神。精神涵盖一切，精神也解释一切。出于某种神秘之由，真如堂的山丘便是这种精神内核的化身。春每每漫步在这条环山路线上，感觉恰似循着生命的骨架而行，蝉脱浊秽，洗尽铅华。不过，这些年来，他已然明白：这些启迪，其实是来自此地的布局陈设：千百年来，人们垒砌起屋舍和花园，用树木和灯笼布置了寺院；到最后，这番日积月累的劳苦孕育出奇迹——在这里的小径上阔步而行，会令人感到自己如与无形之存在对话。许多人将之归因于神灵会在神圣的地方出没，不过，对春而言，他早就从家乡湍流里的岩石中认定：精神自"形"而生——优雅与粗鄙，永恒与死亡，都隐藏在岩石的曲线中。除此之外，别无其他。所以，在一九七〇年的冬天，当他尚是无名之辈时，他便决意，终有一天自己的骨灰要埋在这里。毕竟，上野春不仅知道自己是谁，也知道自己想要什么，他等待的只是解读这一切的"形"。

因此，当他结识了圭佑的时候，在朗朗日光下他看清的不仅仅是一个陶碗，还有自己的未来。当天晚上，智雄自掏腰包，将一小拨非典型青年艺术家邀入家门。如往常一般，他们带着各自的作品齐聚在真如堂高地的船宅上。整个京都的人仿佛都闻讯而来,在这儿喝酒、聊天,然后念叨着一众艺术家的名字离开。这些艺术家大多如同一个个自由电荷,不归于任何流派或体系。他们所追求的是复杂而独特的文化元素。他们也不效仿西方的当代艺术,而是采用本土的材料,为之赋予一种仍保有日本韵味但又异于主流的新颖形态。总之,这些人很对春的胃口,因为他们很接近他对自己期许的样子:年轻且深沉;志虑忠纯又无拘无束;谨小慎微却也胆大心雄。

那个年代里,当代艺术画廊还寥寥无几,兼卖古代艺术品才得以维持。古玩市场的圈子十分封闭,没有门路的人难以涉足。上野春不过是一个大山里普通酿酒师的儿子,没有任何机会能挤进艺术圈子。他在大德寺帮忙干活,以此换取一间栖身的卧房;晚上他在酒吧工作,来支付研习建筑和英语的学费。满打满算,他的家当无外乎一辆自行车、一堆书,以及一套祖父留给他的茶具。要说还有第四样家当,那就是一件外套——从十一月到五月,无论在室内还是室外,他都穿着这件已经被冻得走了形的外套。不过,在这个寒冷的一月里,他仍一无所有,却仿佛有人往他空空的双手里放置了一只精美的罗盘。他内心自语:我要做和智雄一样的事情,但我要做得更大。

他说干就干。此前,经过了若干个清酒之夜,他对圭佑讲述了他的规划,并对圭佑直言:我需要你的钱来起步。圭佑则讲了一则故事来回应他。一六〇〇年左右,一个商人的儿子想要成为武士,他的父亲对他说:"我已在垂暮之年,没有其他继承人,但武士崇尚茶道,为此,我许以你祝福。"次日,春邀请圭佑到自己的住处做客,用他祖父的茶具泡了茶,不拘繁礼但也略显庄重。随后,二人又小酌清酒,谈笑风生。雪落在寺里,给石灯笼戴上了一顶鸦翅造型的雪帽。冷不丁地,圭佑又念叨起他的宗教无用论。"佛教就算是,也是艺术的宗教。"春说。"既如此,那便也是清酒的宗教了。"圭佑补充道。春表示同意,他们又继续喝起了酒。最后,他说出了自己需要的具体数目。圭佑把这笔钱借给了他。

此后,尽管障碍重重,春都迎刃而解:没有场地,他就租了一个仓库;没有人脉,他就借用智雄的关系网;没有名气,他就努力帮他人树立口碑。大家都为他着迷,圭佑没有看错人:春骨子里就是一个商人;但与他的父亲不同,他会成为一个商界大鳄,因为他不仅有商业头脑,还有茶感——雅致之心。准确地说,"雅"分两种:第一种出自由"形"而生的"神",为此,春常去真如堂;第二种不过是第一种的另一角度,但是因为它具有特定的外观而被冠以"美"之名——为此,春常去禅寺花园,并不时地拜访艺术家们。他以"茶之眼"探察着他们的作品,也审视着他们的灵魂。于此,春这样概括:我没有天赋,但我有品位。在这点上他错了,因为他的两种"雅"交融而出了第三种——在这其中,圭佑看出了他无与伦比的天赋。在春的身上,这份"雅"虽然深处悖论之中,却强劲有力:他的一生里,即便情爱之路不遂,但在友情方面,他将成为赢家。

2

然而,友情,也是情爱的一部分。

有一天,春正侃侃而谈他对西方女性的青睐,圭佑对他说:

"对我来说,生活、艺术、灵魂、女人——这一切都是同一种墨水画出来的。"

"什么墨水?"春问道。

"日本墨,"圭佑回答道,"我无法想象抚摸一个外国女人。"

对于春来说,这很不可思议。不过,他理解圭佑之于妻子的爱。说实话,谁又会不理解呢?柴田纱枝是心灵渴及的一切。与她相遇,会让人仿佛感到一箭穿心,但并无痛觉,只是犹如看一个难以名状的姿态徐徐延展开来。什么姿态?没人知道,至少对此知之甚少——她是否漂亮、娇小、活泼,抑或是端庄,谁也说不出个究竟。苍白,这倒是确定的。除此之外,她什么都没有留下,只给人留下和她同行过的强烈存在感。一九七五年十一月的一个晚上，一棵树在地震中倒塌，而纱枝和女儿小洋子正在加世田市附近的一条沿海公路上——她母亲住在那边。此次是轻微地震，稍纵即逝。只是那棵树砸在她们车上。无限的未来就此幻灭。

"这仅仅是个开始。"圭佑对春说。

"这绝无延续的可能。"春向他保证。

"哄人的废话就免了吧。"圭佑说。

"好吧。"春答道。

九年后，一九八五年二月十四日，长子太郎也去世了。春在这位陶匠身边，再无废话；再二十六年后，二〇一一年三月十一日，小儿子信也走了。春在他身边，一样再无废话。

"但我不能死，"长子去世时，圭佑接过春递给他的清酒，说，"这是命。"

"你如何知道？"春问他。

"星星，"圭佑说，"只要你懂得倾听。但是你听不见，山里人都很蠢。"

事实上，春确实有着山里人偶尔表现出的蛮劲儿。在不到十年的时间里，他取得了出乎意料的成功。从一开始，他就坚持租用临时场所来展示艺术品。他唯一购置的就是一间储藏室。不过，今非昔比：他有了钱，有了名气，大家对他推许的艺术家赞不绝口。他的成功有多方面的原因：他不仅懂得见缝插针般地把握机遇，而且还能慧眼识人；此外，秉着诚意与生意参半的心态，他在寻找买家的方面也是有选择性的。他因此备受追捧，其程度令人难以想象：人们不只是想购得艺术品，还想成为上野春的客户。通常，在交易开始时，他独自主事，圭佑只会在交易结束时现身在角落里晃上一晃。清酒是常备的，人们总是喝到深夜，然后春带所有人出去吃夜宵。一旦其他人都瘫倒在桌子底下，他和圭佑就在月光下走回家。夜深人静，他们往往会深度交谈。"你为什么喝酒？"春在圭佑妻子去世前就问过他这个问题。"因为我知晓命运。"圭佑回答道。纱枝和小洋子死后，他对春说："我早跟你说过。"还有一次，春问他："你更看重什么，是无形之感还是艺术之美？"圭佑几天后才出现，给春带去了他画过的最美的一幅画。有的时候，他们只是一起仰望星空，一边抽烟一边聊艺术；还有的时候，圭佑会讲些故事，既涉猎古典文学，也不乏坊间传说。最后，两人总是各自回家——相距两百步远，都在鸭川河畔。

鸭川，纵贯京都南北并将之一分为二的河流。如果说春每周在真如堂的散步是他的生活节拍，那么鸭川的河岸便是他的锚泊之地。在本地无人不知：正是在这河岸、这沙路、这野草和鹭鸟身上，跳动着这座老城的脉搏。"给我山与水，"圭佑说，"我会塑造出世界，塑造出游弋着无形存在的山谷。"春买下了一栋坐西朝东的老旧危房，位于河边，正面眺望东山。他虽然还没有完成建筑专业的学习，但天知道他能设计得出一栋房子——陋居摇身一变，原地落成一座用木材与玻璃打造而成的精致宅院。于外，它面朝山水；于内，它通往花园。在主室的中央，一方玻璃天井向天空敞开，里面栽着一棵小枫树。春的家具极其精简，只是按自己的喜好，摆放了几件艺术品。至于卧房，他但求一干二净，仅放置了一张床垫，还有圭佑的那幅画。早上，他一边喝茶，一边看人们在栽满枫树和樱树的河岸上晨跑。晚上，他独自在书房里工作，透过墙角的窗户便可眺望东面和北面的群山。最后，在这"游弋着无形存在的山谷"中度过了又一天后，他上床睡觉。不过，有一半的时间，他并不是一个人：他常在库房举办聚会，客人们在储物箱之间喝酒、跳舞；他也在家里约友人小聚，大家坐在栽有枫树的玻璃天井前小酌、聊天。在智雄家，总能看到春的身影；在春这儿，智雄也有一副专属碗筷。无论在谁家，圭佑都会在。

眼下是一九七九年一月二十日，当然，圭佑还在。纱枝和小洋子已故，但他的两个儿子太郎和信还活着。他们父子三人一起去春在鸭川畔的新居，庆祝他的三十岁生日。和往常一样，宾客中有老熟人、有陌生人，也有很多女人。众人推杯换盏，欢声笑语，时光如同微风抚过棕榈叶般温柔。外面，雪花纷落，枫树天井内的石灯笼又戴上了无瑕的"雪帽"，形成"鸦翅造型"。一个女人和智雄一同进来，春看到她的背影，一头红发盘成松散的发髻，身着一条翡翠色连衣裙，耳坠闪闪发亮。她与智雄聊着天，看着那棵枫树。在她转身之间，春瞧见了她的脸庞。忽然，毫无征兆地——如同大雾沉降——生活之轻盈戛然而止了。

3

"一把扇子是不足以驱散大雾的。"圭佑对一位年轻的雕塑家说,但没有看向他,而是看着春。

他继而不语,过了一会儿,年轻的雕塑家茫然无措,小声告辞后便溜走了。圭佑完全没有理会他,而是被升腾的"热火"所吸引。他懂得解读星星,也懂得火——毫无疑问,这个女人身上有一团火。他不为春感到害怕——目前还没有——但他为女人感到害怕。他从未遇到过一个如此"不存在"的存在。

"这位是莫德,她是法国人。"智雄介绍道。圭佑心想:大雾。

春站在旁边,圭佑心想:扇子。他和这位画着精致眼妆的法国碧眼女郎目光交错。她用英语对他说了些什么,春笑着回应了三个词。

"我不会说英语,"圭佑用日语说。

她做了个手势,既可以表示没关系,也可以表示不在乎。所有人都觉得空间——又或是时间——扭曲变化着,随即一切似乎又恢复如常了。圭佑知道她会留在春的家里过夜。当晚,屋子里有好几个女人都是或曾是春的情人。他毕竟是一个魅力十足的男人,也是能推心置腹的好友。对他而言,爱情是友情的分枝,家庭则是最低处的枝条——"它会让人撞头,所以我更喜欢高一些的枝条"。在纱枝和小洋子死前,他惯于这么说。然而在葬礼上,友情成了爱情的分枝。他说:"命运折错了枝条。"

这一晚,春正试图拨开"迷雾"。他手握一杯清酒,感觉眼前朦朦胧胧,轮番挥舞起自己的几把"扇子":其一,是令有些日本人羡慕的完美的英语口语;其二,是他欧式的幽默方式;其三,是他经常与法国人打交道所习得的戏谑口吻。但是,任凭哪把"扇子"都无法驱散这团"迷雾"。她告诉春自己是一家文化机构的新闻专员,于是,他试着给她讲解一番日本艺术。她听着,全无波澜,偶尔低语一句"我明白了",像是在说"我在死去"[1]。面对这个女人,春感到茫然,似乎她是无边无际的;与此同时,她又仿佛不在这里,他觉得自己面对着一个空洞,洞里堆着死去的星星。他注意到她的嘴巴很漂亮,嘴角有不同寻常的纹路。他觉

---

[1] 日语中这两句发音比较接近:知ってる(しってる,知道了),死んでる(しんでる,在死去)。——译者注(若如特殊说明,书中脚注皆为译者注)

得自己终会拨云见日，但同时又感到忽略了什么。

　　房间的另一端，圭佑也警觉到了什么，但难以名状，唯有以清酒为火把，置于心绪之根，付之一炬般地喝着。一个小时后，唯一清晰可见的便是他已酩酊大醉，坐在地上，双腿直伸着，背靠着枫树前的玻璃，头顶恰似戴上了院中石灯笼晶莹剔透的"雪帽"。这是一个银装素裹的夜晚，天空仿佛已然冻结，星辰点缀墨色的夜空，光而不耀。法国女郎和春在枫树的另一侧，圭佑再次讶异于她身上虚空的质感，令清酒都黯然失色，因为虚空是无根的。然而，从她身上这种不存在感、液态般冷淡的举止中却散发出火焰的气息。他看着她翡翠色的裙子、闪亮的耳坠、精致的面容和红唇，这些之外，一切——比例、关节、协调性，以及浑身上下的架构方式都不甚明晰。圭佑无法勾勒出这个女人的整体，他也清楚这不是酒精作祟，而是因为女人身上缺少用以连接生命拼图碎片的隐形接口。忽然间，对纱枝的回忆扑面而来：他们在鸭川边的房子里，他看到了房间、灯光、他妻子的身体。而在莫德这团液态火焰中，他辨识出了全然相悖的现象——他仿佛患上了某种眼疾，既看不出形状，也看不清轮廓，但也正是这种对通常视觉参数的盲目让他拥有了罕有的洞察力。如此，他能穿透既蕴藏着有形又彰显着无形的迷雾，永远沉湎于鳏居，以及艺术——他仍然可以塑造有形存在的唯一领域。有时候，酒过三巡，友情也会让他感受到自己的存在。在所有人里，春的存在是黑暗中最为光亮的。这个山野村夫身上附着某种"化身"，圭佑察觉到他身上有能触动到自己的"裂纹"。其他方面，尤其是艺术上，他们分处在光谱的不同部分：春渴求的是"形"，而圭佑则是致力于消除"形"，是在没有线条、没有纹理、没有颜色的褶皱中追寻无形之存在。当所有这些消除不见，毫无修饰之本物便不再是物，而是存在。在这条蒙眼而行的道路上，圭佑一直希望看到精神本身。

"不过，终究，要么是一个女人，要么是一个碗。"春如是说。

"你看不到，因为你在看，"圭佑回答他，"你得学会不去看。"

圭佑倚在枫树前的玻璃墙上，比照着纱枝，打量着莫德，这团"火焰"让他感到惊恐。他想：一团火在虚空中何去何从？它不腾升、不膨胀，只是慢慢地自我消耗。随着他视野的锐化，他越发确信自己错过了什么东西：与悲情之心相遇却不见，感觉很奇怪。唉，他喝得太醉了，醉到无法解读眼前的景象：春侃侃而谈，女人侧耳倾听，头微低着，若有所思。春没有注意到圭佑也在观察自己。春喝了很多酒，不过他只是沉醉在对这位外国女郎的热火之中，为之惊讶和着迷，她的花容、她的白肤、她的红发都让他疯狂。令人困惑的是，他在这边——但又在什么的这边呢？这又是一个怪异之处，但他欲推至尔后再深究。他现下想要的是亲吻这张嘴，爱抚这香肩和双乳，进入这个身体。他想：至于其他，尔后自有分晓。

4

四十年后,上野春凝视着死亡化身的花园,他回顾了被尔后所雕刻的生活——纱枝之后,莫德之后,罗丝之后。他想:圭佑拼命说与我听,而我对于所有迹象视而不见,我什么都没看见,因为我一直在看。不过,彼时——在一九七九年一月二十日的那个夜里,宾客们陆续离去,圭佑被人抬上黄包车;众人笑个不停,丝毫不惧寒冷。然而这其中有一个人明白:他们已然改变了"尔后","尔后"将唯有长长的祷告,生活将只是无尽的"尔后"。烂醉的智雄扶着圭佑躺在手推车里,跟他说到"春",但圭佑听见的是"危险"。对于拥有慧眼的人来说,清酒是纯的。几乎没有任何东西会改变它的质。圭佑相信,清酒虽使得他俩的身体歪斜,但不会夺走他们的灵魂。凭着眼睛和清酒,他们看到了春处于危险之中。

鸭川畔的这所房子空荡下来。春迈进浴盆,法国女子随之。他向她讲起了浴盆的材质扁柏木,以及他对——日本人家里尚未有浴室的年代里——公共澡堂的怀念。

女人面对他坐着,抚摸着浴盆光滑的木质边缘。

"公共澡堂还是有的。"她小声说道。

他点点头。

"它们终会消失的。"他说。

大浴盆在此刻半明半昧的光线中若隐若现。

月亮和内庭的石灯笼照亮了她的脸庞和身体:白皙的胸脯,芭蕾舞者般秀挺的肩膀,芦苇般修长、纤细而柔美的身段。不知为何,春想起了圭佑给他讲过的一个故事,于是连忙摇起了这把新"扇子"。

"大约在平安时代中期,按西方历法算是公元一千年时,"他说,"天际出现了美轮美奂的黎明,如一大捧红花凋零。有时,大鸟也会在这火红的霞光中迷失方向。在皇宫里,一位女子幽居一隅,她的皇族身份注定了她被囚于此的命运,她甚至连寝殿旁的小花园也不能踏足。然而,为了仰望曙光,她常跪在外廊的木地板上。新年伊始,每天早上,一只小狐狸都会不请自来,出现在花园里。"

春停下来,不说了。

"然后呢?"法国女人问。

"一场大雨连绵下到了春天,"春又继续讲下去,"女子请她的这位新朋友和她一起避雨,在一棵枫树和几株冬日绽放的山茶花树下。在那儿,他们于沉默中结识了彼此。

不过,随后,在他们创造出了一种共同语言后,他们唯一对彼此说出的话,便是各自生命中逝者的名字。"

春再次停了下来,这一次,她沉默不语。就在他以为在大雾中看出了一个身影之时,一座堡垒——晦暗、高大、坚不可摧——似乎在他眼前筑起。他也被欲望所攫住——一种想要占有这个女人的强烈欲望。随后,他沉醉于这奇妙感、这张开的双腿、这个他正进入的下体。他任随身体引领,感到某种无法言状的东西滋扰他的同时,也越发撩拨着他的欲望。女人凝视着挂在床对面的大幅画作,不时出现那么一个让他觉得情欲难挡的微小动作。紧接着,春睡去了,在混乱的梦境里,狐狸和浴池交织出现。女人因于他的指间,但一如液态般流动着,最重要的是,她似在他处。

他醒来时,孤身一人。接下来的几个晚上,女人都在。在浴盆里,春会给她讲一个故事,然后两人共赴云雨。每一次,她都盯着那幅画。她的身体之于春是无限奇妙之源。他感觉自己跃入了一股晶状般的旋流之中,在这种完全不抗拒的状态下,他感受到一份毫无保留的给予。她的臀部、她的皮肤、她那罕见的手势都令他如饥似渴、意乱情迷。女人们之所以爱春,是因为春爱她们的快乐,但对于她,他无此考虑。他跨越了国界,接受了异域风情,想象着她的快乐也在他处。几天后,他会知道:他误将冷漠认作赞同,误将毁灭当成激情,而且不久也会知道——这毁灭正是他所求。不过,在他们共处的这第十个晚上,他俯在这个幽灵般的女人身上,进入她的身体,犹如冲破了乌黑的浪潮。当晚的早些时候,他们在智雄的家里碰了面,他满脑子想的都是与白皙的身体缠绵的时刻。欢爱中有那么一刻,她抬手别过一绺头发。这个动作令春这辈子第一次想拥有一个女人——只属于他一个人的女人。他没有在意这十个夜晚里,她对他说的话不足十个字。在大雾中,他未见火焰,只看到绿色的眼睛和舞者的身姿。一如既往,他看的是"形"。

他进入女人的身体,其无声的被动给他带来未曾有过的陶醉。或许,倘若她活力四射,魔力就会幻灭;然而女人并无生气,他得以心醉神迷。他在这道光的裂缝中徜徉,想要这个女人渴求的一切。忽然间,宛如某物倾覆一般,她在春眼里变了模样。黎明微光中,她赤裸的身体轻薄透亮。她第一次不再仅是盯着那幅画,而是在审视它。瞳孔扩张,目光阴郁。春感到一阵活捉昆虫般的惊恐。她的白肤犹如陷阱般捕捉着光线,他在沉默中达到了高潮,被一种灾祸感紧紧攫住。女人起身,穿上衣服,告诉他自己要去东京,回来后会再见他。他不明所以,但毫不怀疑——结束了,虽然他甚至不知道结束的是什么。

尔后

I

如此，上野春的新生和临终时刻都看着一朵鸢尾花。自此，他明白了：之于事物而存在，须他降生或死亡，而每一次，都会发生在花园里。

年少时，大德寺在他眼中美得无与伦比。在跨越时光的池水周围散布着竹子、山茶花、枫树、石灯笼、砂砾，以及精雕细琢的木制建筑，曲径通幽，饶有别致。真如堂则与之不同，建筑高大威严，氛围宛如避风港一般。与建筑的简约相仿，住持的私人庭园里只有三块石头、一棵松树、一方灰色沙地和一盏伫立在苔藓里的石灯笼。不过，承自古老的传统，庭园远眺着东山的广阔景色，引人入胜。这种封闭与开放的结合甚合我意，春心想，但我只想要这三块石头和这片被水花涤净的沙子。他又想起了圭佑最喜欢的故事之一：在中国古代，皇帝要赏赐一位明臣，让他从自己取之不尽的财富中选择一件礼物。然而，这位朝臣只求一碗米和一杯茶，为此，他落得无礼之罪而被斩首了。圭佑每次讲这个故事都会笑。今天，春心想：他这个故事是为了我死去这一天讲的吧。世界于我唾手可得，而我只选择了一朵鸢尾花和一朵玫瑰。为此，稍后我的头颅将落地。在他身后，一扇门滑开。他闭上了眼睛。"圭佑让你拿上这个。"是保罗的声音，说毕又留他一人独处。春睁开眼睛，看到面前放着一个黑碗。他想：诚然，缘起缘落，皆在智雄家。

其实，黎明的第一缕光洒下，春便明白了：真如堂是一方朝圣之地，而智雄是它的守护者，圭佑则是摆渡人。僧侣们认为只有死者才能渡过最后一条河，但春确信圭佑是活着渡河的，而且此河流经之处便在真如堂。终有一天，他也会乘着友谊小舟渡过此河，说不定自己也会看到陶匠眼中的世界。他虽不通亡灵，但总觉得自己在这山上很自在，因为他相信茶，相信河流的真相，相信有形承载着无形。如今，距离他在智雄家瞧见圭佑的这个碗已逾五十载，他第一次真正地看清它：碗的轮廓渐渐模糊，但没有消失，它粗朴、简单、毫无雕饰。春凝视着它，很快，它的形状消散了，只剩下一个既无轮廓又无实质的印记，随之生出一片幽邃的宁静。他想："终于，我穿透了迷雾。"

一周后，法国女郎自东京而归，春又在智雄家里见到了她。瞧她对自己面有愠色，他便转身避开了她。他从女人身上感到了爬行动物般的冷血。春不再想要她了，只等她离开，随后重拾自己的生活步调。圭佑没有现身。春在聚会结束前就离开了，回到家，泡了个澡，看了会儿书，便睡觉了。他不惧怕痛苦，尽管他知道在某个地方——在他或女人的身上——会留有那十个奇异夜晚的痕迹。然而历经了女伴在侧和雪地独行的一段茌苒时光后，他开始感到微微不安。他觉得莫德的痕迹触及了久困于他内心的一处盲点。回想和她在一起的十天，他无法将之描述，一切都藏于一个死角，他盲目，又自知盲目。虽然他自认了解自己，但他不再感知到自己；随着他延续以往的生活步调（同时，也隐隐怀疑生活是否真能一如往昔），他的不安感越发加重。当他做爱、重拾与女人交欢的快乐时——他并不心系莫德，然而内心却生出新的忧虑，仿佛一个细小的偏差搅乱了他毫米级地图般精细规划的人生。更重要的是，最初的焦虑已经被一种弥漫的威胁替代。

　　法国女郎离开日本前的最后一个晚上，春在智雄家的聚会上遇到了一个英国女人。他认识她的丈夫在先：一个东京的地产开发商，刚刚将妻儿安顿在了京都。春不喜欢这个男人，也瞧不上这个商人的唯利是图。在春的观念体系中，钱的用处无外乎为艺术铺路、喝清酒，以及为枫树修建玻璃天井。这个开发商的妻子——贝丝,倒是与自己意气相投。他们被互相引荐,东拉西扯地聊了一会,他知道自己将与她共枕,而且他们还会成为很好的朋友。她是个强势的女人,但这种强势是无法伤及他的,因为她要求对方清楚自己之于内心和之于世界的定位,否则她便懒得理会。和春一样,她鄙视金钱;和他一样,她喜欢把控与构筑。尽管此时她还完全没有插手丈夫的事业,但在她丈夫死后,她将建起一个帝国。欢爱之后,春愉悦地看着她坐在自己面前——寸丝不挂,满头金发,棱角分明——一边喝茶一边聊着各自的事情。春知道她还有其他情人,她丈夫也不在乎。在一个无论男女都未见惯女性自由的国家,她生活得恣情纵欲。此外,她还有一个十岁的儿子威廉,是她唯一永远爱着的人,也是由于她的过错而将会失去的人。她每每讲起威廉时,总是容光焕发,目光炯炯,美得不可方物,宠爱之情满溢。命运偏爱削弱我们的支柱,且对于那些眼都不眨而直视它的人,其惩罚力度则变本加厉,十倍不止。四十年后的二〇一九年五月二十日,春以新的视角看清了贝丝和莫德,他想:如此,拼图便完整了,我曾以为我喜欢她们的强势,但我窥见了她们的另类之处——她们的独特,她们的孤独,她们的伤口,以及我自己身上的这一切。

一九七九年春天的这个晚上，春和贝丝成为情人。当他吻上这个西方女人的嘴唇，当他嵌入这个西方女人的身体，他感到莫德终于抽离而去。不过，鉴于命运总会被那些眼都不眨而直视它的人激怒，它将回来敲响鸭川畔的宅门。

2

为命运开门的人是佐和子。至于命运的使者，是一个四十多岁的男人，衣品无可挑剔，站在一把透明雨伞下，腋下夹着一件丝绸裹着的东西。他叫雅克·梅朗，是个在巴黎专营亚洲艺术的古董商。他有两大心头好——暹罗猫和京都；此外，他还有一个妻子和三个儿子。他难以理解为什么人要生在错误的地方、套在错误的身体里。昨天，当他在智雄的家里遇见上野春时，他明白了：他本想成为上野春。现在，他望着宅子，心中遗憾演变成了痛苦。

佐和子看着他，他清了清嗓子。穿和服的日本女性令他肃然起敬，他总是不确定自己能否企及这个独特群体的高度。况且，他不知道她究竟是春的妻子、妹妹、情妇，还是管家。昨天，春只是说让他晚饭前过来，雅克·梅朗则如赴情约般地盛装造访。此刻，他已忘记了为什么自己会在这儿，甚至忘记了自己会说日语。他听见一个声音用略显生硬的英语问他：

"梅朗先生吗？"

他点点头，对方用英语接着说：

"上野先生在里面等你。"

玄关处有一个大花瓶，瓶身为暗色，衬着招展的玉兰花枝条图案。在春等他的房间里，玻璃合围的天井中央伫立着一棵枫树。雅克顿时对自己在巴黎八区的公寓感到一阵厌恶：那不过是一长串铺着人字形拼接地板的房间。在京都这种厌恶感时常伴随着他，但这一次，他不仅渴望在这个地方生活，还想成为这个男人。雅克平时喜欢提及自己的优雅、周到，以及钟情于古典法式窗帘的品味，但此刻他已不愿再这么谈及自己。他想：我宁愿以十年的寿命来换取这样的生活。"啊，您好，您好。"春用英语打着招呼，示意他也同自己一样在茶几前坐下来。日本女子双手交叉叠在橙色腰带上，在这儿候了一会儿，随后便迈着小碎步轻轻离开了。她回来时捧着一个托盘，里面放有点缀着樱花图案的清酒器具。春给他斟上一杯：淡白的液体，微微冒泡，有点混浊。

"这酒来自高山市，"春说，"我父亲和我弟弟在那里做的小生意。"

"您是如何发家的？"雅克问道。对方笑了。

"我找到了归宿。"他回答道。

雅克环顾四周。

"不，不，"春说，"不是这个地方。如果您明天有时间，我带您去看看。"

法国人回答说他有时间。说罢，想起前来的原因，把他从酒店带出来的那个丝绸包裹的东西放在了桌子上。他知道这个日本人不会在他面前打开它，便说：

"我总是随身带着一个礼物，送给为我打开一扇门的人。"

"我猜应该不是财富之门吧。"春说。

"不，"雅克回答，"一扇无形之门。"

他们又默默地喝了一会儿后，雅克起身告辞，春对他说：

"我明天三点半到您的酒店接您。"

次日三点半，雅克已经候在酒店门外了。他取出了重大日子里才佩戴的缀有白色圆点的红色领结，自知正要迈进一场神秘庆典的门槛。在出租车上，春给他讲了一个狐狸的故事——那个春在临终那天也将想起的故事。不过，此时此刻，他只是知其然而不知其所以然。车停在一条小径前，小径的尽头是一面红色的高大门廊。几朵樱花瓣飘在五月和煦的微风中。雅克望过去，门廊后方有石阶，石阶两侧散落着石灯笼和枫树，通向一座低矮的寺院。右侧，一座木塔；寺前，一方宽阔的院落；四周，一些附属院舍。此处阒无一人。如果说雅克本人还在疑惑，他的丝绸领结、他的羊绒浴袍，以及他在俱乐部用的晚餐还都夹带着那么一丝疑虑，那么这疑虑就在刚刚一扫而空了——因为，在这里，无形之门不一而足。这个法国人跟着春来到寺院门口，心潮澎湃，浑然忘我。带着惊奇和敬畏之心，他迈过了陌生的门槛，感到有什么跟在他身后，倏地一转身，却又看不到任何生灵。他纳闷自己怎么会错过这个地方，毕竟自己经常去对面的银阁寺，还有离这儿一步之遥的吉田神社。唉，他自知原因了：他不是上野春，他不是日本人，他只是不幸的雅克·梅朗。春带他绕寺院兜了一圈，他们走到了一棵顶着绝美树冠的枫树下，弯弯的枝叶形成精美绝伦的弧线。他的心碎了，沉浸在幸福的痛苦中，没有听见对方的问话。"不好意思，您说什么？"他小声说。春重复了一遍他的问题："这扇无形之门如何？"说罢，不等他回答，春便右转踏上了在墓地之间蜿蜒的沙石小径。

远处的某个地方传来四声钟响。在雅克内心里某个隐秘深处正形成一个节点，他走在坟墓和石灯笼之间，而现实发生了质的改变。满眼都是随风飘摆的、写有铭文的薄木片，他觉得在这之上读到了自己人生的铭文。信步片刻，他们走到了小径尽头，站在一大段阶梯的顶端，墓地与位于山谷中的其他寺院分列在阶梯两侧。身后是一座木塔，低处便是铺陈开来的京都，远处是西边的群山。时间如被尘雾蒙盖，一缕青烟漫向世间的千途万路，转换了光阴。在新生与死亡之间，雅克徜徉在生命的旅程中。

在阶梯的高处，他们停下来凝望着这座城市。

"里尔克，"雅克回答了春十分钟前提的问题。

日本人看着他。

"昨天，在智雄家，"雅克接着说，"咱们欣赏五月里淡绿的群山时，我说：'这很美，但最美的季节还是秋天。'当时，您引用了里尔克的诗：'树叶飘落，仿佛飘自远处，飘自苍穹深处黯然的花园。'"

"啊，这个，"春说，"我是从我的朋友圭佑那儿听到的这些诗句，他是里尔克的粉丝。"

"但此景正是如此，"雅克说，"日本正是如此：苍穹深处，花园黯然。"

春对他微微一笑。

"众神的花园，"雅克补充道，"你无法想象打开这扇门对我来说意义有多么重大。"

"噢，相信我。"春回应着，"我理解一个人的'命'是什么。"

片刻沉默，雅克问：

"刚刚的钟声是怎么回事?"

"那是法然院的钟,每天闭寺的时候,僧人们就会敲响它。"春回答说。

"就是银阁寺南边的那座小寺院?"雅克又问。

春点点头,手指向一个方位。

"这边是黑谷堂,也是金戒光明寺的俗称,智雄兄住在真如堂东边一侧,离这儿两分钟的路,银阁寺稍远一些,步行要二十分钟。"

台阶两旁有些小路,路边散落着南天竹和坟冢。雅克知道任何事情都不是偶然发生的。他的一生,此后便与从智雄家到这墓园阶梯之间的每分每秒息息相关。也许他会活到很老,他也已经很好地活过了;但他的心,在此时此地才得以舒畅——仅此一次,亦是永恒。他深吸一口气,获以新生并哀悼亡我,幸福而绝望至流泪。"终于,"他想,"一生凝结在两天和这几百步之内。"春没有言语,但雅克由衷地敬重这个刚刚让他成为朝圣者的摆渡人,也想向让自己走上这条路的命运致敬:

"是一个朋友叫我去智雄家的,多亏了她,我才认识了您,莫德·阿尔当,您认识她吗?"

"哦,莫德,"春轻描淡写地说,"她最近怎么样?"

"哎,"雅克说,"我也不清楚,很难了解她的事。"

他又想起了别的事，然后莫名其妙地，他又想起了莫德。

"反正，"雅克补充说，"她怀孕了。"

在一段雅克并没有留意到的沉寂中，春已经完全忘记了这个法国人的存在。前一秒，他还对这个找到信仰的商人心生好感；而现在，他所想的是：自己要安葬在他得知女儿存在的这个地方。春毫不怀疑孩子是他的，也深信将是个女孩儿。一刹那，他发现自己是一个父亲了，他渴求成为父亲——一个没有家庭却有一个外国孩子的父亲。对此，他欣然接受，同时又心乱如麻。他不知道自己是否从此身不由己，还是从未这般自洽自得过。有人转动了一个开关，点亮了他家中某个被疏漏的房间。他既迷茫又忐忑，他想：莫德不是结束，而是一个开始。一种联结感油然而生——不明就里但十分强烈，以至于他的一生都要与之交织在一起。他也异常清晰地看到，在天际深处，云潮涌动。他打算向寺庙布施，在心里起草了一封给莫德的信，盘算着如何将他的所有之物转予一个尚未降临人世的小生命，以及如何用三个字在黑谷堂的石头上刻下他的墓志铭。他既不感到愤怒，也不感到彷徨。他想：这条线不能断。他们漫步在寺院之间，春心不在焉地听法国人说着话，想到他们是两个被点醒的人，走在神明指引的甬道上。

"你最喜欢的儿子叫什么名字?"他问。

"当然,我没有最喜欢的儿子,"雅克回答,"要说有,那也就是爱德华吧。另外两个都是粗人。我觉得他会是个同性恋,他会接管我的店铺。"

随后,他们漫不经心地聊了聊天,都知道那一刻已然过去了;而且也知道:虽然他们会再见,但彼此将再无话可说。春把雅克送到了酒店,回到鸭川畔的宅子,打了个电话给梅林学。这是一个在巴黎定居的日本人,经常行走在各地的文化圈。春向他询得莫德的地址。翌日,他寄出了一封信,上面写着:"如果孩子是我的,有我在。"在迷雾中度过了漫长的几个星期,春终于得到了答复:"孩子是你的。如果你试图见我或见孩子,我就自杀。原谅我。"

3

在经历了很长一段时间的茫然和错愕之后,春被无形的线所牵引——也是说服他给莫德写信的那根线,做了他最为擅长的事儿:筹划。在短暂的踌躇后,他向掌管家里的另一位主人吐露了实情。佐和子是为命运的信使开门的人,她也将是唯一的见证者。春告诉她:自己很快就是一个法国孩子的父亲,但他不被容许见孩子。"起码,现在不行。"他补充道,"我让您知情,是因为会收到照片。"她颔首表示明白,走到树边的茶几,接下来的一个小时都专心在记账。最后,她起身给春奉上一杯茶。"会是女孩吗?"她问。春点点头,她退下了。

六个月前,前来应聘管家的人络绎不绝地进出枫厅。但唯有佐和子,在树的背景下,如一根独特的枝蔓般清爽。春看着她,她看着玻璃天井。春这个朝圣者在她身上看出了所有迹象。佐和子家里有丈夫和儿子,但她活过且会真正活着的地方则是鸭川畔的这个宅子。何况,她具备胜任这份工作所需的一切技能：既能驾驭有形之物，又能驯服无形之事。还有一点，她敬仰圭佑——他躺在大厅的沙发上醒酒时，俨然与之融为一体。她对神道教和佛教中的诸神有着别致的分类，在她看来，圭佑就是一个在两教中都备受赞誉的英雄，而她绝不会因为他臭熏熏的口气和如雷的鼾声而动摇分毫。圭佑常能看见他人看不见的东西，所以他喝酒喝得理直气壮，他喝酒是为了在肉眼凡胎的生活中找到出路。同样，他需要一处圣地来安置他的艺术和哀悼，而这圣地便是这座面山望水的宅子。关于这一点，佐和子、她的和服、她的平静和持家之道都本能地知道。所以，她敬爱春，但对圭佑则是敬仰。

接下来的几周里，春为一场崭新的"人生舞会"开启部署。他回复莫德："我尊重你的意愿，我不会尝试去见女儿，你不要伤害自己。"通过梅林学的介绍，他聘请了一名懂英语的私家侦探和一名摄影师，给了他们详细的指示和丰厚的报酬。在他的办公室里，春立起了一些柏木板，静待他生命中的第三条线亮相于世界舞台之上。在他的书桌上，摆放着雅克的礼物：一个古朴的象牙色小摆件。据说，它代表着生育女神——故也相当于命运女神吧，春如是想。这一年的夏天比往年还要热，他却喜欢上这盛夏里潮湿的灼热之感。同时，在某种深邃力量的影响下，他对父亲这一身份的态度有所转变：从轻蔑转为期冀。他内心某处期待着这个苦命的孩子诞生。一种美好的笃信牢牢攫住了他：总有一天，她会来到他的山丘，她也将在这儿——跟自己一样——走上朝圣之路。

漫长的夏日献给了等待、女人、清酒和艺术，随之而来的是一个异常和煦的秋天。漫山遍野，秋叶如火；天际云霞，似红花凋零。在枫树的红晕中跳动着古老日本的心脏。随着这个外国孩子出生日期越发临近，春觉得自己内心也逐渐重燃对故土的爱恋。十月二十日，陶匠圭佑陪他在家小酌清酒。

"我越来越爱日本了，"他说。听完，圭佑放声大笑。

"你在这儿是异域分子，"圭佑说，"所以你要和异国女人上床。"

"我跟你一样是日本人。"春惊诧地反驳道。

圭佑不说话。

"我是属于真如堂的。"春接着抗议。

"你是一个浪子，"陶匠说，"在你自己的生命中漫游。或许你找到了自己的归宿，但你最初是一个大山之子，扯断了心，自我流放。现在呢，为了逃避规则，你逃避了真相。"

"真相？"

圭佑笑笑。

"真相，即是爱。"

春刚要接话，电话响了起来。他被新任命运使者召唤过去了。当他回来后，圭佑对他背诵了里尔克的几句诗，其中前几句便是他自己此前跟雅克说过的：

"'在夜里，沉重的大地跌落；从群星之间落下，落向孤独。'里尔克都比你更了解你的国家。"

然而春并不在意。他不在意日本的大地、流放、群星和孤独。对于一切于他曾都具有意义的事物，他此刻都不在意了。他等圭佑离开后，见佐和子过来倒酒，方说：

"她叫罗丝。"

他用英语——他教她用以接待西方客人的语言——念出了这个名字。

"罗丝？"佐和子用日语重复了一遍。

他点点头。她没再说什么，回到自己的住处。稍晚时候，他洗了个澡，读了一会儿书，关了灯，心怀感恩地睡着了。

他半夜醒来，真真切切地——一如之前看到的云潮笼罩山谷之景般真切——对未来深感恐惧：畏惧孤独和沉重的大地。他又无缘无故地想起了狐狸和幽居的女子，起身走到枫树天井。枫树轻声低语。片刻忐忑后，他明白了个中含义：一如往昔，他听不见星星的声音。

  一如往日，这个女人令他头昏目眩。她向一切事物散射出强光，这反而令他看不清；然后，他便自欺欺人，为自己编了一个荒谬的故事。在这个故事里，他可以掌控一切，想象出一个根本不可能存在的未来。然而最终，一切都是透明的虚幻。他的女儿出生了，但他不会认识她。她来自群星之中，让他注定孤独。

4

因此,既然不能改变命运,上野春就改变自己。自这一夜后,变化接踵而至。

首先,他要情报。他知道莫德住在哪儿、和谁一起住,他要追溯她的过往、她的社交范围和她的好友圈。几周内,他让人搜集了大量关于她的信息。然而,他了解到这些并非仅仅为了情报,而是在寻找一丝与女儿见面的希望。这种渴求是难以自制的,朝思暮念,始终积在胸口。这令他再难自洽,如一道无形的屏障将他与世界隔开。当春面朝群山,只感受到片刻喜悦的记忆。他在内心的盲点和一处遥远地带之间航行,他生命的钥匙便在于此。渐渐地,他了解自己的信念在瓦解。更糟的是,他在真如堂的环山路上的重生感,正被鸭川畔的宅子中某种加倍的孤独感所取代。

很快,信息多到他不知道要怎么办。他觉得自己就像一条蛇,需要消食、空腹然后蜕皮。他反复咀嚼着端上的饭菜,一遍又一遍地读着报告,仔细观察照片,被视而不见的感觉折磨着。这些东西有所言,又欲言又止。所言的是:莫德·阿尔当,二十八岁,单身,在两地之间度日:巴黎——她工作的地方,和图赖讷的维埃纳河谷——她寡居母亲波勒·阿尔当的住处。一张长焦照片显示了这处房产的格局:它建在高处,俯瞰着河流,对岸是连绵起伏的群山;花园中央坐落着一幢比例协调的大房子,配有高大的窗子和围着铁栏杆的阳台。春觉得那儿什么都美:光洁的石头,幽谧的山谷景色,园子里壮硕的树木。有一天,摄影师趁着没人的时候,在花园拍了大量照片。这个花园里没有水流,但一切都好似有着溪流的旋律。据此,春认为波勒与自己是同道中人。波勒走起路似乎大步流星,停下来又会若有所思地仰望云端;她的一举一止,显影于照片上,却彰显出一种流动性。他从中看到了游弋的精神。她高大、棕发、身形笔直,似乎与她的环境形成了鲜明对比,正如藤蔓和长久生长于此的玫瑰错综盘结,如隐秘沼泽般引人深陷。不管她的世界于他是多么讳莫如深,春都想象着自己在她的花园里变成了液态;她喜欢雨;京都的苔藓会讨她欢心。他猜想——或者说愿意相信——罗丝的名字取义于花朵。当然,刚开始的时候,他为自己窥望陌生人生活,急切地等待报告,收到后还会长时间地研读的诸多行径感到愧疚。在他周围，在书房中，宁静得诡秘，空气在变化；他的目光穿透了空间，看着万里之外的生活——一种迥然不同的别样生活。不过，渐渐地，他迷上了这个优雅的女人，他的负罪感减轻了，每天都默默地向波勒祝祷，遥寄对她的尊重和感激之情。

在波勒身边长大的是春的女儿。他在花园里认识了罗丝：她出现在摇篮里，在婴儿车里。春天来临时，一个小公园的草地上，他第一次真正看清了罗丝的样子：红发，白皙，瘦小；一位高个儿的棕发妇人正俯身朝她微笑。波勒在年纪尚轻的时候就失去了丈夫，但由于家境殷实，她既不用工作，也不必再婚。她在邻镇有几个朋友，在风雨与回忆的抚慰中修剪玫瑰花枝，一天里的大部分时间都在户外度过。她与悲伤和鲜花为伴，如一颗幻梦的星星——春想不出比她更适合做女儿导师的人选了。看着她们一起笑，他对自己说：这一根纽带不能断裂。至于莫德的父亲，他知之甚少，他似乎英年早逝，没有在世间留下任何生者可追寻的痕迹。就算屋子里有他的遗物和画像，春也无法看到。他有一种难以名状的预感：自己女儿的命运属于女性——却没想到这种直觉将他自己也排除在外；她在成长过程中没有父亲在侧——像她母亲一样；他自己如同一个幽灵，一张相片都没有，无影无形。明明春身强体健，可为什么就觉得自己奄奄一息了呢?

起初,他吃饭都在端详着罗丝的照片:红红的头发,可爱的脸庞,笑靥如花地躺在草地上,仰面朝天。他久久不倦地盯着她瞧。感到有足够的信息可供咀嚼消化,他让自己耐心地再等上一年。对自己终将达到目的已不再怀疑,他继续过着仿佛有地下恋情般的生活,期待秘密的重逢时刻。佐和子走进书房,放下茶或酒,从钉着照片的柏木板前走过,一言不发地离开。圭佑来的时候,春就在枫厅里接待他,远离书房——那里俨然变成了连接京都和几座遥远山谷的圣境。他读了大量关于法国的书,仔细查阅了资料,但他并不想学法语:对自己的女儿,自然要讲日语。还有,他苦思冥想了很久要如何接近莫德,最终决定在庆祝罗丝一周岁时写信给波勒。

他没有付诸行动。汇报有所言也有所未竟。不过,汇报中没有讲到的事情,春也猜出来了。每个周末,莫德都会坐火车去她母亲家,几张照片里看得到她在花园里抽烟,背对着草地上的小公园。罗丝一岁生日的早上,春正在书房里看书,佐和子送进来这个季度从法国邮出的信件。里面有一些照片,照片上是一辆卡车先后停在莫德巴黎住处的楼下和波勒的家宅门口。照片附字:她在搬家。

春抬头望向他的群山。照片里，图赖讷的天空辽阔无际，像一个巨大的穹顶，罩在绿色的大地之上。他想，在京都，没有穹顶，没有天际，只有在傍晚沿着山坡爬升的薄雾。鸭川畔的樱花树和枫树树叶都开始变红了，晨跑者默默地跑过，时间和空间都被打乱了，春的生活正在割裂。一张照片显示莫德抱着双臂站在阳台前，但毫无生命的气息。童年的记忆涌上心头：那是在附近神社上演的一出能剧，在屏风和山松的背景下，鬼魂和迷失的女人出没无常。这记忆如同一个梦，此后剧院里的任何表演都无法将之抹去；一个隐秘的梦，留在他的心中，沁湿着他的岁月。莫德搬去与母亲同住，生活如同蒙上一层面纱，与世隔绝，目光空洞宛如幽灵。他毫不怀疑，如果自己再次进入她的生活，她会自杀。然而他受到命运的嘲弄，生意反而如日中天。有种想法令他备受煎熬：他的成功是与内心的不安成正比相应，他之所以能成为一名出色的商人，纯粹是因为他没能成为一个父亲。在此之前，生活里只需一往无前去征服；而如今，生活以一种新的角度呈现：它像薄纸一样被撕裂了，有人——这个女人——保存着这些碎片。悲剧不再属于这个世界，而是渗入了他的身心，他被判以精神上的斋戒。由于他既不想接受命运这道难题，又无法从外部解开，所以他做出了改变。

5

贯以对待一切事物的坚决态度,春决意改变。因此,他重新捧起由大山挣脱而出的心,不去眺望未来,而是回望过去。他去了高山市。

在城里,春拜访了父亲和弟弟直哉,发现父亲疲惫不堪,弟弟忧心忡忡。他们一起喝了清酒,简单地互换了近况。春告辞时,直哉随他走到外面,背对着店铺,对他说:"父亲脑子不清楚了。"春走在满是清酒生意的街上,觉得这宛如一条通向古代日本灵魂的时空缝隙。他想:京都是肺,而高山市是心,一颗朴素而炽热的心,牢牢地扎根于这些随时间漂流、看不出年纪的房屋里。他往家的方向走去,从市中心开车过去要一刻钟。小时候,父亲每天早上步行下山。有时他就在市里过夜,住在自己店铺的楼上;不然,就在冰冷的月夜里,一路沿河走回岸边的家。浅滩中央有一块大石头,冬日里只露出一顶冰盖。雪花飘落在这块岩石继而融化的景象,春从小看到大——他对"质"的喜爱和对"形"的领悟都源于此。他常常觉得，自己从父亲那里得到的还不如他从河里得到的多——或者更确切地说，家人给予他的，并非他所想要的——而他们对此并不知情。大家都干活、吃饭、睡觉，然后循环往复。辛苦劳作之后并没有思考，只剩下不再劳动的空虚。时间不过是一种粗糙的"质"，没有人注意到其隐藏的"形"。相反，屋前的河流却说：世间但求于形；努力工作，去打开看不见的门。

一如自己与法国女儿之遥遥相距，春也在自己的文化里迢迢寻根。最大的一扇无形之门——连通所有其他门——其名为茶。只要是纯净之水浇过的石子路，春都乐此不疲地行走。生活宛如一条被骤雨涤荡的路，流淌着清澈。在清新的空气和明亮的阳光中，铺陈着一片崇尚美和精神的土地。不过，在高山市，他知道在哪里、与谁一起穿过这扇门。他沿河在树下小径上穿行，把车停在路边，然后继续步行。水声潺潺，松林低语，缕缕阳光透过树枝，洒下缤纷的曲影。远处有一个小屋：茅草屋顶，木质平台，菜园临溪——在这一切之上笼罩着一种孤独而强大的气势。时值十一月，对岸一棵年轻的枫树落叶纷纷，鲜红而轻盈，虽然新嫩却也已凋零。主人不在，春走到河边，坐在蔓延着南瓜秧和紫苏叶的平台上，目光沉浸在奔腾的急流中。一声响动把他从沉思中拉了回来：次郎从树林里走出，与他在窗檐下碰面，示意他进屋。这位老者在城里有一家古玩店，既有便宜货也有好东西；而在山上，他则统辖着一个贫穷而优雅的王国。进了正厅，他让客人坐下，为他泡茶。在京都，春亲历过许多茶艺仪式，有时令人享受；有时则索然无味，在冰冷而正式的气氛中还不得不保持礼貌。不过，无论如何，人们都为茶道文明而喜悦，沐浴在先贤走过的河流中，聆听着睿智灵慧和礼让谦厚的训诫。相比之下，次郎的茶室可谓另类：小屋里杂乱无章地堆满了书籍、各种杂物和器具；墙上没有卷轴，壁龛处也没有鲜花；门口堆满了啤酒箱；老旧的榻榻米有虫蛀的痕迹；透过推拉门往里瞧，是凌乱的厨房。虽然地方很干净，但一切似乎都颠三倒四的。

然而，这里有精神之间的对话。一把铸铁水壶置于搪瓷架上，在一小团炭火上方叮咚低语。次郎身旁，随意摆着茶具和盛有冷水的容器。他盘膝而坐，笑着搅着绿色的粉末。"除了山泉水和些许兴致，你还想要什么？"他曾对春说过这样的话，"我不喜欢那些又贵又麻烦、有如参加葬礼般严肃的程式。"事实也是如此，在他这儿，几乎没有任何仪式、规则和礼节的印迹，但茶之道却熠熠生辉：在一尘不染的器具里、在清冽的泉水中、在灵动的树荫下，茶道在质朴无华的装饰中闪闪发亮，在这个内心炽热的男人的细致动作里大放异彩。但这种光彩是深沉的、幽然的,释放着一种情愫——茶作栩栩如生,为人系上友谊的纽带。任外面的世界如何动摇,此时此刻的这间屋内依旧流光溢彩——两个朋友处于时间之外,促膝而坐,共度一个小时。

春喝下第一口浓酽的茶,有着植物和森林味道的苦涩稠汤。

"你怎么回来了?"次郎问。

"我回来看看我父亲。"

"噢,"次郎说,"肯定不是。"

他拿起春的碗,往里加了些水,把附在碗壁的沉淀物又搅打起沫。

"生意怎么样?"他又问。

"挺好的。"春回答。

次郎将碗放在他面前的榻榻米上。

"好得我都觉得心生愧疚。"春补充说。

老人笑了。

"商人嘛,"他说,"羞愧是我们的日常。"

"我并不为赚钱而羞愧啊。"春讶异地说。

"我说的是须得讨好他人而有的羞愧。"次郎说。

春喝了一口第二杯淡茶。

"我不刻意取悦别人。"他说。

"你本能地这么做了而不自知,但你在做着。"次郎说,

"这总归是庸俗的。"

远处传来乌鸦的啼鸣。春感到淄流将他的存在一分为二。阳光穿透枝叶,向他展示了他生命里对立的两岸:一侧有女人、清酒、商务晚宴和派对聚会;另一侧则是艺术品、圭佑和智雄。在两岸之间是淙淙流水,这神秘而空灵的水域的中间,漂浮着他的罗丝。

"你可以任由自己给自己讲故事,"次郎继续说道。"但最后,你会发现自己只有这些故事作伴,到时候你就知道它们于你是安慰还是痛苦。"

"我觉得我知道自己是谁。"春说。

"那你还来这里做什么?"

春正想回答:我来看望一位老师父。此时,一阵微风吹响了入口处的风铃。外面河水潺潺,松林在风中哼吟,他在茶香中漫游,沉醉于至美之中。一股奇怪的感觉在胸中蔓延开来。他会是对的吗?他自忖。他生命中第一次问自己:我可以对自己撒谎吗?次郎靠在墙上,闭着眼睛。春再次自问:如果不是寻觅无形,那我们在茶中寻找着什么?他又一次想到,那个女人夺走了他的一些东西,又或许,她在他身体里圈下了一块领地,让他在其中盲目行走。两人都沉默着,春感到思维在此刻变得清亮。虽然夹杂在嘈杂声和远方的呼唤声中,但这是茶道为其朝圣者的虚空之馈赠。生活蜕去浮华,就像在真如堂中一样,毫无粉饰地展现于他。他徘徊在繁星点点的山谷中，希望这一次，能够听懂它们的声音。他心想：它们是否承载着祖辈们的教诲？或是挚友们的话语？又或是我的判官之言？在这不同寻常的三部曲的交响之中，他感到一种直觉正在形成。

次郎睁开了眼睛。

"一个自以为了解自己的人是危险的。"他说。

春站了起来。

"对了，"老人补充道，"你父亲身体不太好。"

见春没有回答，他又补了一句：

"你不想要真相吗？你会体会到悲痛的。"

6

警示在心,春决意要听星星的指引,从循迹祖辈开始:他去父亲身上找寻真相。在家里却先看到了母亲。

或者更确切地说,他看到了寂静和孤独之间,坐着一个女人,靠着厨房的桌子在切松茸。天色暗了下来,但他闻得出它的味道。他按下电灯开关,她满眼惊愕地抬头,看到他,欣喜地迎上来,她周身的寂静和孤独也一并跟随。他瞬间感到这一幕十分熟悉,曾一遍又一遍反复上演——她在黑暗中等待,惊讶地看着他,高兴地走向他——她已经让他坐下了,端上茶,询问着他的健康、生意和在京都的生活情况。当她停下来时,他指了指蘑菇。

"直哉今早去采的。"她说。

"这些在市场上卖价堪比黄金。"他说。

她笑了。

"穷人也是富有的。"

她的表情高深莫测,补充说:

"我晚饭做这个,你爸和你弟弟很快就回来了。"

"直哉在这边吃晚饭?"他问,一脸惊讶。

她点点头,没再多说什么。她在铸铁锅中放入米饭、清酒、甜料酒、酱油、鱼高汤和撒了盐的蘑菇,一起搅拌过后,以精准的动作将一块白布盖在容器上,周围悄然无声。他转过头,透过窗户看到渐暗的天光中,暗色的松林凸显在淡墨的背景里。湍流从他童年的斜坡上奔涌而下,夹裹着他祖辈的声音,令他内心泛起了相悖的欲念:亲密和逃避。正当他的思绪如影飘舞时,父亲和弟弟出现了,他们所经之处弥散着制酒酵母的气味,也是弥散在他整个童年的气味。他们洗着手,春觉得父亲的洗手时间异常地久。眼下,母亲已经把烧好的铸铁锅放在火上,端上清酒,时间的层次并不连贯,每一个动作和每一个字似乎都是孤立的,被悲伤的岩石围住。断断续续的对话,洗漱台前父亲的背影,清凉的酒——这些都难以衔接。

"你怎么总是在春天来?"父亲突然问他。

"我每个季节都来。"他一惊,回答说。

"不过,最好的季节还是秋天。"父亲没听见他说什么,自顾自接着说。

春想说话,但直哉悄悄地给了他一个手势。

"没错儿,秋天,"父亲坚持说,"大多数好事都发生在秋天。"

母亲的脸上宛如戴上了一张春不认识的面具，让他再次想起了童年里看的能剧，想起了能剧里可怕的脸谱、布景和恐惧感。这是祖辈予以我的训诫吗？他自问。一个尚未年迈就已经神志不清的父亲？母亲摆好餐具，端上松茸饭，这过程似乎异常缓慢。窗外，夜色渐浓，春似乎也被一种异样的薄纱蒙住了。他们在一个夜色浓厚、不可扭转的永恒之夜里吃着晚饭。父亲时不时点点头，自言自语，春仿佛置身于黑暗之中，他觉得自己必须从这个鬼魅的场景中抽身——但那一刻，母亲对他微笑，让他又想起了圭佑的一个故事：就在平安时代终结前不久，一名僧人向其母坦言自己梦想去中国佛教圣地五台山朝圣，而此行要花上三年的时间。八十岁的她知道，这是这个时代最后的动荡岁月，而自己也时日无多。然而，她震惊之余保持着沉默，儿子便走了。惶惶不安的几个月过去了，直到一天早上，他来告诉她自己即将启程。再一次，老妇人心痛得无法言语；再一次，儿子离开了。在她还苦等道别之时，儿子已远行，再没有回来看她。她不怪他，只是怪自己沉默不语。她痛哭流涕，将悲伤记录于笔端，其中不乏绝妙的诗篇。最后，她想一死了之。"我没领会到这个故事的含义。"春曾在圭佑讲到这儿时说。圭佑反问他："难道你看不出爱一个薄情之人是多么伟大吗？"

春喝着清酒,看着父亲。他自问:难道我对艺术的热爱是源自心之无能吗?想到也许艺术是爱在肉身之外的部分——既无魂灵也无痛苦的部分,他感到不安。这个隐晦的、令人不快的想法在他心中挥之不去。肉身部分的缺失,不恰恰意味着他灵魂的枯槁吗?莫非他只是成功地逃脱了与家人、与他们的苦痛以及命运的羁绊吗?这时,蒙住他的薄纱消失了,眼前的场景迥然不同了:黑暗已被光晕取代,手势和目光在同一个温馨的空间中交融;房间里弥漫着腐殖质、雨水和冰冷泥土的味道,而就在这灌木丛般的气息中,一家人正在用餐。春问了弟弟几个清酒作坊的问题,起初不太说话的直哉,兴致越发高涨地回答了他,父亲也自然地融入了谈话。他们喝着餐后酒,轻松地聊着天。有一刻,春讲到圭佑喝得烂醉,大家用附近一个工地上的手推车才把他弄走,惹得全家人哈哈大笑起来。世界再次分裂开来——外面是有广袤山峦和树木庇护的天地,里面是温柔、悲伤、深沉和疏离的家。满载着奥秘的星星,一动不动地看着他处。

在小门廊下和父母及弟弟告别后,春发动了车子。从后视镜里,他看到母亲还在挥手,他也摆手回应。到他住的旅店要二十分钟车程,他觉得这二十分钟会决定他作为父亲的命运。二十分钟,以及清酒和茶的力量。他开车经过了他儿时看能剧表演的小神社，但没再被灵怪的记忆吓到。父亲的身影在脑海中萦绕，他的孤独和不安被长辈的慈爱驱散了。他回想起小时候看见父亲在作坊后院和商户邻居们喝酒聊天的景象。于他周身，展开了一条丝绢，春多年来一直看着丝线织结或解开，但纹理始终在变化着——孩子们的出生、乡亲的关爱、湍流的力量、大山的喜悦——是的，是这一切，但在一片生命和土地相互尊重的地域，又不止这一切。春掉头开回了神社，下了车，穿过橙色的鸟居，沿着小路走向祭坛。空气中弥漫着松香和树皮的味道。他静静地站着，敏锐而警觉地嗅着某种存在。很快，他觉得在黑暗中看到了母亲正迈着恭谨的小碎步前行。他也看到了自己：母亲握着他的手，教他如何用米饭和清酒安抚神灵；看着他把硬币投偏了，她会心一笑。春走回鸟居，从下面穿过，鞠了一躬，又回到祭坛，往箱子里扔了一枚硬币，摇了摇铃铛：黑夜在接待他。他拍了拍手，等待着：世界在颤动。某处响起了圭佑的声音："人，人，人。"当然，春想，只有人，但我必须去神社才能听到和看到他们。他忆起父亲在饭桌上的喃喃自语，突然，他心想：我的女儿出生在秋天，好事发生的季节！

当他重新踏上去旅店的路时，松树如长矛一般划过温厚的云彩，他感到自己被裹于温柔和孤独之中。无论他回想起哪一段童年碎片，都沁润着温和之感，但难觅亲近之情。他自忖：这就是我离开的原因吗？随即，他看到自己人生的新台阶在他面前铺陈开来。女儿就是他对艺术之爱的肉身部分，是这份爱真正的化身，是他艺术生命存续的理由，是他对早年失意和背离的救赎。她如同秋日的煦辉，照亮了他寒冬的心。若他必须默默爱她，他会忍耐得住。"穷人也是富有的。"他大声说罢，笑了起来。

7

他住在"隐之居"这家旅店,此前打了招呼说自己会到得比较晚,大约午夜时分抵达。店家热情地接待了他,让他坐在大堂中央的炉火前,并给他递上了热毛巾、清酒和红叶馒头。坚实的地面,高高的屋架,窗前的纸挡板,壁龛里的书法和陶器——都一如他从前熟悉的样子。春和这家旅馆老板的女儿友子是同学,他们聊了一会儿。友子问了问他工作的近况,也跟他讲了一些俩人旧交情的事儿。在她身后,一簇枫树枝的上方,挂着一个用黑色墨水画的闭合圆圈。春一向更偏爱非闭合的圆相,但这个晚上,他对这个闭合圆相很是喜欢。他在想自己会如何对罗丝诠释它,想得心潮起伏,没有继续听进友子的话。未来似乎明亮起来,鬼魅聚集的场景被替换成了生者鲜活的对话。他虽看不见女儿,但他可以对她说话。作为神明的拥趸,他想:神明会把我的话带给她的。他凝视着他那张糙纸片上的圆圈,意识到友子已经沉默不语了。

"不好意思,"他说,"我就是累了。"

友子对他微笑。

"这里呀,没有任何变化,"她说,"但你一定在京都过着精彩的生活。"

瞧春心不在焉地点着头,她又说:

"你父亲身体不好,你知道的。"

他低下了头,有些难为情。

"他还年轻,"友子继续说,"悲伤还会持续很长时间。"

"他看起来并非不痛苦。"春说。

"悲伤是你们的。"她温柔地说,"爱着缺席者才悲伤。"

他喝了一口清酒。

"我懂,"他说,"我太了解了。"

她亲切地笑了。

"一个女人?"她问。

这下换他笑了。友子对他微笑着,站了起来。

"浴室还为你开着,"她说,"你该休息了。"

春谢过她,然后走向他的房间。在房间里,他换上旅馆的浴袍,走出昏暗的走廊,前往浴室。这座老建筑古朴的棕色屋架像蛛网一般在走廊上方延伸。房梁下,似乎有什么在呢喃细语。他浸在热水里,听到那声音越发响了。尽管已是深夜,这宽敞的房间还是通亮的:月光泻在木质表面上，浴水清澈粼粼。大大的扁柏木浴盆已被用得光润，与无棱的落地窗平行而置；玻璃宛如一张绷紧的画布，透映出室外的瀑布景观。在前景中，可以看到柏树的树干，树根处长着一簇簇吊钟，其红色的花枝在黑暗中如披上了一层银衣。春知道这一切都很美，但他什么都感觉不到，反被那越发变大的声音所吸引——这声音既不来自湍流也不来自旅店，他从未听到过这种声音，但却又感觉很熟悉。他一动不动地漂浮在水中，任由自己随水流、石头、星星、树木、日本和沉睡的大山飘荡。过了很久，乌云遮住了月亮，阵雨骤降，浴盆的水、如注的雨和天空交融在一起。

他进入了暗夜。满怀感激之情，走向无形之物，以他从未有过的方式鞠了一躬。目光越过满是蕨草的河岸，在宛如被月光照亮的影戏舞台上，闪过他的生活画帧：他听到母亲的声音——"你这是乌鸦洗澡，一冲了事。"京都乌鸦的叫声夹杂着往事记忆的碎片。他又看见自己和母亲一起在澡堂：水池的对侧墙上水龙头一字排开，她在下面帮他洗澡。"只有乌鸦才洗得快。"母亲总是这样说。他又记起，晚上，她常常给他讲关于与世隔绝的小村庄的传说——这家旅店的名字也来源于此：隐匿于河底的小村庄，只在冬至和夏至的夜里才会浮出水面；待到次日清晨，人们便只能看到它沉匿后留下的旋涡和石块。我的生活纹路亦是如此,春想,只不过我的顿悟时刻往往于十一月和五月降临。伴着母亲的训导,久浴的智慧,缓慢的步伐,夜色正渐浓。黑夜说:你是大山的孩子,是属于真如堂的人,是异域的过客,亦是孤独的朝圣者。夜还说:要感念。倾盆大雨把岸边松林变成了天边飘来的云。一片树叶落在窗前,春想:天空黯然。雨停了,星星又出现了。

这时,他看到了狐狸:它仿佛在水面上横穿着河流。走到河水的浅滩中间,它停了下来,转向他,然后又走到岸边,消失在松林之中。最初听到的声音越来越响,春浸在浴盆里,让水没过自己的脸,沉思了许久,直到拂晓才回到自己的房间。被褥早已备好,按照这家旅店的传统,一并放有一首诗。春坐在内嵌在墙里的无框大窗前,窗外正对着淄流。他的父亲、母亲、弟弟和所有在这里的大山的乡亲友邻们,在山峰前排成一行,看不清,但可感知到。狐狸的使命就是让他们呈现在我面前吗?他自问。他又看到了莫德第一夜在浴盆里的情景。他的记忆如照片一般精确,呈现出他讲完幽居女子和狐狸的故事后莫德的脸庞。我在跟她说什么?他问自己,惊讶于在她脸上看到的悲伤,更惊讶的是:我怎么会错过这个?在他面前,水流变白了,隐蔽的小村庄和柏树的轮廓等一切有形和无形之存在,都传递着一个听不见的信息。他躺下,大声读起这首诗。

山间的秋天

那么多的繁星

那么多遥远的先祖

　　一个圆圈在他的眼前形成，连贯而流畅地开启又闭合。在一个永恒的秋天里，高山、星辰和未曾相识的先祖相继而至。他记得父母和弟弟坐在老房子里，笼罩在温柔和不安的光环中。他看到自己的孩童模样——在清酒作坊的过道里，在酵母的气味中，为父亲的活力而自豪；随后又看到一个冷漠的年轻人，急于逃离这个充斥着劳作和沉默的世界。我把自己剥离出了大山，他心想，我曾想逃离孤独，而我却把它带上了。夜光中亲人的面庞再次浮现，他想：我是远行了，但这条线不能断。于是，循着始于高山夜里的冥想，他终于明白了这里的声音。

8

他没睡觉,而是去了公共休息室,在那儿遇到了友子的母亲昭代。她给春上了茶,然后坐在桌旁跟他聊天。她穿着一件秋季和服,上面绣有山茶花、星状的风铃草和其他花朵。早餐中有松茸饭。

"昨天晚饭,我在我母亲家也吃了这个,不过怎么都吃不够。"他说。

"直哉昨天卖给我们的。"她笑着说,"他是这片地方最棒的采茸人。"

他们闲聊了一会儿后,他感谢她的赠诗。

"这是一位当代女诗人的作品。"她说,"她应该还活得好好的呢。"

见他很是惊讶,她补充道:

"现代和深刻是可以并存的。"

"正如我的工作。"他说。

她笑了笑,又给他倒了茶。

"天蒙蒙亮的时候,我看见一只狐狸踩着浅滩过了河。"

他又说。

"浅滩？"她重复道,"这个季节是没有浅滩的。"

在车站,他把车还给了一个职员,后者热络地拍了拍他的肩膀——毕竟春儿时起就认识他们一家了。我是怎么忘记了我家里人的呢？他自忖。站台上飘起了小雪,他尝到一片雪花,其中仿佛浓缩了高山市的味道,他越发后悔离开了他的大山。在火车上,他断断续续地睡着,脑海里循环出现着他曾在浴盆里对莫德讲的一句话,那话令她黯然神伤。到了京都,他打车回到家,佐和子正坐在账簿前,一言不发地看向他。但是从她拉低眼镜的动作里,他明白自己得跟她说点儿什么。

"高山市正在下雪。"他说。

她打量着他,神情严肃。

"我们吃了松茸。"他又说。

她没有眨眼,他投降了:

"我父亲身体不大好。"

她眯起眼睛。

"脑袋吗？"她问。

他点点头,对她惊人的洞察力早就习以为常。

她做了个同情的手势,手放在左侧锁骨上。

"罗丝还好吧？"她说。

他惊诧地又点了点头,自打罗丝出生那年起,他们就没有提起过她了。佐和子称心满意地迈着小碎步朝厨房走去，又端着茶出来，在他对面坐下，继续记起了账。他正要起身离开的时候，她告诉他圭佑在智雄家。

"他们唯一对彼此说出的话，便是各自生命中逝者的名字"，这便是在那第一个晚上让莫德黯然神伤的话。不过，这句话是他从一位兄弟那儿听来的，而他的兄弟们，正在星辰指引的路上等待。在高山市，他和祖辈喝了酒；在京都，他和圭佑一起喝酒。所以，佐和子自然给他指了路：往智雄家去。他徒步前往，跨过鸭川，穿过大学校园，到了吉田神社，又爬上同样名为"吉田"的繁茂山丘。天气温和，空气中有要下雪的味道。走到了高处，他钻出树林，撞见一位他认识的宫司正和一只乌鸦在说话。乌鸦栖落在鸟居上，橙色背景衬着它黑色的身影；宫司身着黑衣，在洁白的墙壁前格外显眼。再往上便是小巧的竹中稻荷神社，里面有几座建筑和木质祭坛、花岗岩灯笼、坟墓和散落在草丛中的石狐狸。从那儿下来，要走一条小路，小路上架着二十多座鸟居，与高大的樱花树交叠相映。也是在那儿，有着看尽东山以及毗邻的真如堂高地的最美视野。法然院的钟声在远处回荡，时间幻化成了存在：此刻宁静祥和，风的气息在树林里游走，鸟儿的啼叫宛如窃窃耳语。那位宫司看起来疯疯癫癫，常对着活乌鸦和石狐狸说话，用一种只有他们能懂的语言——他也不避讳有其他神职人员在场。但他人缘很好,从来没有人想过对他敬而远之。春从他身边走过,打了个招呼;对方还在说着话,微笑着向他鞠了躬。然而,就在春要走远了的时候,宫司把他叫住了。

"你身后拖着的声音是怎么回事?"宫司对他说。

"什么声音?"春问。

乌鸦哇哇叫了起来。

"我不知道,"宫司回答,"但我们听见了。"

他们东拉西扯地聊着,但很快春就有一种感觉:他所听见的话语和声音如同来自他处。他独自一人在一片未知的地域,一种只有自己能听到的声音掠过;而就在身旁,现实仍在持续。老宫司喋喋不休,他则心神恍惚,抬头看着逐渐阴沉的天空。"这是将要下雪的天空,但我并不孤单。"他想。然后他笑了,打断了对方的话,说:

"你知道吗?那个声音,是我祖辈们的声音。"

"噢!"另一个人说,"我就知道!"

然后,宫司转向乌鸦:

"是他的祖辈们。"

说罢,又好心地翻译成乌鸦的语言。春看到竹中稻荷神社的入口两侧各有一只白色的石狐狸,方才意识到这座神社供奉的是化身为白狐的女神,他对宫司说:

"我在高山市看到一只狐狸在水面上行走。"

"在高山市？"宫司问。

"更确切地说，是在'隐之居'。"春说。

"隐之居？"他喃喃自语。"我倒是没听说过什么关于这些隐匿村庄的传说。"

"那只狐狸，它不是隐匿的。"春强调了一句。

"当然，"宫司回答说，"无形之物不会隐匿。"

春向他告辞，走下吉田山，直奔真如堂。当他到达寺院门前时，天空落下了沉静的小雪花。石灯笼在夕阳的余晖中闪烁，群山在城市远处静立注目。他在内心默诵着那位在世女诗人的俳句。他想到了自己的女儿，仿佛看到她沐浴在当下的色彩中——她的红发恰与稻荷神社的橙色以及狐狸的毛色相应；在她之上的黑暗的天空中，栖息着平安时代的死者，大山里的先祖们，以及秋夜里莹白的星星。当他绕过主院，走到一片火红的枫树下时，他又一次想起了莫德第一晚在浴盆里时的面庞。他想，我的先祖们还活着，她的已经死了，我并不曾知道，逝者也有亡故与存活之分。他走了几步，在通往朋友家的台阶顶端停了下来，屋内传出钢琴的音符和欢声笑语。他听到智雄的小狗小樱的叫声，还有在一小段爵士乐之后的哄然大笑。

站在这个有爱的家的门口，他明白了：这孤单的一刻，预示着他从今往后的生活。从今晚开始,他将处在两个世界之间,在死者与生者之间,在漫漫黑夜和万家灯火之间,在过去和未来之间——于此,他将和女儿对话。他认为死者拥有予人欢乐或绝望的力量,他得让罗丝听到大山先祖们的声音。继而,另一个想法随之而来,在震惊与激动的交融中,他自言自语:正是因为她,我才听到了这个声音。与此同时,屋里圭佑正喊道:"清酒!"春走下台阶,品尝着他最后一口苦甜参半的孤独。夜幕降临,带着它无形的力量;白昼褪去,裹走了它隐匿的痛苦。他在脑海中紧紧抱着女儿,就像真的把她抱在怀里一样,然后加入了他的伙伴。

9

不得不说,他的伙伴已然不太得体了——至少春看到的场景是这样:大家喝酒、高歌、加酒;这一轮结束,下一轮再重新来过。现下大家正吃着东西,同时不忘饮酒。钢琴前,一位年轻的音乐家在弹奏 *Bemsha Swing*[1]。琴键上方摆放着智雄三位偶像的照片:大野一雄[2]、塞隆尼斯·蒙克和费德里科·费里尼[3]。智雄的身边倚着英俊的功男——他唯一的爱人。周围,三三两两的男男女女一边吃着小食一边聊着天。

大家为春的到来欢呼雀跃,并为他倒上了酒。圭佑嘲弄地瞥了他一眼,小樱过来舔了舔他的手,聚会愉快地继续着。先是爵士乐,然后智雄和功男神采奕奕的戏仿了一出能剧,声嘶力竭、手舞足蹈。大家不断地笑着、聊着。入

---

[1] 美国爵士乐钢琴家与作曲家塞隆尼斯·蒙克(Thelonious Monk,1917—1982)的一首作品。

[2] 大野一雄(Kazuo Ōno,1906—2010),日本舞踏大师。

[3] 费德里科·费里尼(Federico Fellini,1920—1993),意大利著名导演。

夜时分,一位年轻的歌手唱起怀旧的奄美岛歌。窗外,五点钟亮起的灯柱下,雪花懒懒地飘落。所有人倚着墙,看着、听着。远处,灯光映在一根垂樱的枝条上。年轻女子唱着"寻找新土地",大家表情变得严肃起来。"尽管我们放浪不拘,但对于严肃的事情,我们认真以待。"春想着,莫名地感到如释重负。接下来的一首歌是《百人木匠》,令他真切地感受到这座形如一艘大帆船般的木屋的存在。最后,大家为歌手鼓掌,春走到圭佑旁边坐下,向他讲述了自己回高山市的日子。他讲了自己的父亲、松茸、次郎、"隐之居"和踏着空幻浅滩上横渡急流的狐狸。最后,他还详细讲述了他与吉田山上宫司的对话。圭佑一边静静地听着,一边喝着酒,直至听到最后一句,哈哈大笑:

"有时,宫司们的话倒十分在理!"

"我脑子里不停地想着这句话,"春说,"什么东西没有隐匿,且我又应该看到呢?"

"那位可敬之人或许不是这个意思。"圭佑说。

他若有所思地看了春一眼,又补充道:

"你对我有所隐瞒。"

就在这时,一个年轻人在众人的怂恿声中起身离开了房间。

"我听星星说,"春说,"也许狐狸是信使。"

圭佑再次哈哈大笑起来。

"这是什么鬼话？"他问。"我倒想瞧瞧——你连自己的声音都听不见，还听星星呢。更别说这些关于稻荷神的蠢话了。"

春笑了。

"人，人，人。"他说。

"没错，"圭佑说，"只有人会照拂人。你要相信，狐狸和女神是不在意人的。"

刚才那个年轻的艺术家回来了，头戴一顶红色假发，假发在身后长及脚踝，在身前垂到髋部。他走到房间中央停了下来，叫人续上清酒，每个人都在为他欢呼。"狮子！狮子！"功男喊道。智雄找来装点着红牡丹花的小屏风，放在演员身边，舞蹈就此开始。春并不喜欢歌舞伎，但看到"狮子"因眼前摇曳的牡丹而兴奋不已地踢腿和摇摆，他也开怀大笑。这是屈指可数的能逗笑他的剧目。同时，小樱围着舞者大呼小叫，更增加了几分喜感。末了，圭佑悄悄凑到春旁边，说："如果他不再在酒吧里打架，他会成为一个伟大的演员。"之后，这场聚会在更多清酒和笑声中延续着。圭佑和春聊着天，外面下着雪，掩盖了星星，也遮盖了城市。有那么一阵儿，春又出现了像在高山市时一样的感受——眼前像是蒙上了一张薄纱。声音消失了，但纱幕又出现了，他心里十分疑惑。他不再说话，任其他人在身边喋喋不休。年轻的钢琴家醉得一塌糊涂，弹奏《我唯一的爱》时，音符已不在调上。功男给客人端上了小鱼干炒饭，也递给智雄一碗，眉眼间挂着难以言喻的微笑，其中饱含着一种莫名朦胧又隐秘的亲昵。春看着这两个男人。在此之前，他对功男的印象无非是青春帅气；但这一晚，春在此处将他看得透彻分明：他真真切切地散发着无形的温柔和自信。一切都是无形的，一切都在我们面前。他想，对于想要看见的人而言，一切都无处遁形。功男俊朗的身形、徐缓的举止、灰色的眼睛，彰显出的并不是美，而是爱——一种不拘礼数、神秘而完整的爱。圭佑问了春一个问题，他没有听见。他闭上眼睛，想起了女儿，明白那层纱幕代表了他的冷漠和抛弃。随即，先祖们的声音伴着罗丝清晰的小脸再次出现，他意识到圭佑在和他说话，他的思绪回到了喧闹的房间，听到诗人圭佑又一次对他说："你对我有所隐瞒。"

春没有回应。他在冥想。周围是雪、夜空、星星。在这里，他逍遥自在。他选择了这些男人和这些女人，这些艺术家和这些商人，这群快乐的神明拥趸。他打量着每一位男男女女，想象着把他们一一介绍给罗丝，想象着他们相识相知的幸福日子。看着踉跄起身的圭佑被"狮子"的假发绊倒，又撞上了牡丹屏风，他哈哈大笑。不一会儿，陶匠的鼾声就盖过了喝彩和掌声。春朝着智雄的方向举起杯，智雄对他报以微笑。一阵突来的风卷起雪花，他被一种交织着空虚和温暖的感觉攫住，他对智雄回以微笑——也对父亲、对母亲、对直哉、对湍流中的狐狸、对先祖、对真如堂的星星和亡灵、也对日本的神明和他的匠人伙伴们微笑着。最后，凝视着聚在一起的朋友们，他也对将支离破碎的灵魂联结在一起的女儿微笑。

10

智雄和春的家都背离了日本家宅的风气,他们家中的宾客络绎不绝;另一奇特之处便是男女宾客齐等——没有专门的男性聚会,女士们一样参加讨论和庆祝。大多数女客都是日本艺术家,偶尔也会出现外国的艺术家或名人。通常,新闻专员会打电话告诉智雄:来自美国或德国的某某女士前来京都举办音乐会或讲座,那智雄就为这位来自美国或德国的某某女士办上一场聚会。当某某女士成为回头客时,在他家留宿的情况也屡见不鲜。就算冻得要死,智雄家里只有简易床垫,但只要她能留在那儿便别无所求。黎明时分,功男为她端上一杯浓咖啡,并陪她到黑谷最高的台阶上看东升的旭日点亮城市。在她脚下,这座寺庙之城簌簌作响,群山的轮廓在地平线上越发分明;四周,未知文明的墓群瑟瑟震颤。某某女士在精神上跪倒,颤抖地挽着功男的胳膊回到船屋,心中的喜悦之情难以言表。

那天晚上,一位名叫埃马努埃莱·勒韦尔的法国钢琴家来到了真如堂高地。这是她第三次来到智雄的家,也不知为何,春却是第一次见到她。她很漂亮,看着她进屋,春感到她是自己生命拼图的一部分。春推测她四十多岁,但也说不准——对于西方女性的年龄,他一向拿捏不准。棕色的头发,深色的皮肤,修长的身段,她就像一道随光而变的风景,投下跃动的影子。功男问她是否舟车劳顿,要不要先回房休息。她说不想,很高兴有人做伴。"自从到了这里,我就感到孤零零的。"她说。智雄把她带到了春的身边,他是这儿唯一能跟她用英语顺畅交流的人。她时不时地开怀大笑,姿态轻柔,真实自然、轻松愉快地聊着天。有一刻,他们打趣说屋子里很冷,跟功男黎明登山也冷,她接过话:

"但我从未如此强烈地感受到自己处于我的生命的核心。"

她想了想,又纠正了一下:

"或者说,生命的核心。"

过了一会儿,她指着钢琴上舞踏大师大野一雄的照片,说:

"我在东京看过他的表演,"她说,"我完全没有看懂,可是后来,我却哭了很久。我一个人回到旅馆的房间,在床上哭得停不下来。"

智雄朝她笑了笑。

"舞踏会探知人之隐秘。"他说。

她揣摩了一会儿这句话。

"我明白了。"她说。

她起身，走到钢琴前，选了一个乐谱弹了起来。

春走过来坐在她旁边，欣赏着她美丽的侧影，不带欲念，纯粹因为她的存在而开心。同时，他更加明晰地感受到了什么——他一开始就有所感知的、但随后被聊天所掩盖了的东西——她演奏的时候流露出一种悲伤。换曲的间歇里，他们时断时续地聊着。许久之后，他瞥了一眼手表：已经凌晨三点钟了。在房间中央，圭佑四仰八叉地倚在屏风下打着呼噜，埃马努埃莱笑了笑。

"上一次，他比较健谈。"她说。

"圭佑是个讲故事的高手，"春说，"我觉得他甚至在梦中都在讲故事。"

"回去之前，想到雪地上走走吗？"她突然问道。

她温柔地看着春。

"十分乐意，"他说，"但怕是已经累了吧？"

"是累了，"她回答，"但自从我来日本后，就没在室外待过。"

他们穿上外套出门了。雪停了。他们爬上台阶，从枫树下穿过，绕过寺院后方，来到了寂静的院子里。夜空中云正散去，星辰闪现，潮湿温和的空气渐生凉意，白雪已将山间小径掩埋。高耸的白色塔顶在黑暗中格外醒目，石灯笼忽闪忽闪，树枝在夜色中画出黑白交织的线条。他们聊着聊着，春察觉到内心有一种奇怪的开裂声——浮冰开裂的那种声音，他这样想着。这画面挥之不去，他便对埃马努埃莱提议朝黑谷走。

"虽然跟功男不告而别，但这第一场雪的邀请盛情难却。"他说。

他们蜿蜒穿过墓地，来到了长阶梯的顶端。脚下，是正鼾睡的城市；山坡上是一排排坟墓和树木，树上栖息着披着雪花的乌鸦。西边的群山静守着黑暗笼罩的天际。两人宛如站在世界之巅。她指了指在夜色中摇摆的长木片，说：

"功男告诉我说，卒塔婆会写上死者在来世的名字，但我觉得这很残酷，因为死者被剥夺了爱他们的人所熟悉的名字。"

她又抬手指向白雪皑皑的小径，继续说：

"尽管如此，我得承认你们的墓地不像我们的那样令人痛苦。"

"有那么大差别吗？"春问。

"差别很大。在西方，墓地是亡故之地；而在这儿——如果可以这么说的话——我总感觉有一种'生命'的气息。"

他想起了在高山市时，自己对莫德和祖辈的联想。

"有一天,我给刚认识的一位法国女士讲了一个故事。与其他故事一样,那个故事也是从圭佑那儿听来的。"

他沉默了,没想到自己竟谈起私密心事。

"然后呢?发生了什么?"埃马努埃莱问道。

"我不清楚,"他说,"是有事发生,但我不知道是什么事。"

她看着春。

"给我讲讲那个故事。"她说。

春有些犹豫。

"讲嘛,"她坚持说道,"这故事似乎很重要,而且我喜欢听故事。"

在他身后,真如堂在低语;脚边的阶梯下方,便是他得知女儿存在的地方。

"故事是发生在皇宫里。"他刚开始说——

"不,"她打断了他的话,"我要听你给她讲的版本,一模一样的话。"

莫德在浴盆里一丝不挂、白皙、缄默,而他为之意乱情迷的场景牢牢占据了他的脑海。

"大约在平安时代中期,天际出现了美轮美奂的黎明。"他重新讲述,"如一大捧红花凋零。有时,大鸟也会在这火红的霞光中迷失方向。在皇宫里,一位女子幽居一隅,她的皇族身份注定了她被囚于此的命运,她甚至连寝殿旁的小花园也不能踏足。然而，为了仰望曙光，她常跪在外廊的木地板上。新年伊始，每天早上，一只小狐狸都会不请自来，出现在花园里。一场大雨连绵下到了春天，女子叫她的这位新朋友和她一起在廊檐下避雨，那儿只有一棵枫树和几株冬日绽放的山茶花。在那儿，他们在沉默中结识了彼此。"

春看向法国女人，而她正眺望远处的群山。有什么东西在飘浮，有什么东西在颤抖。是我？是她？还是在我们周围？他不得其解。女人转向他。

"随后，在他们创造出了一种共同语言后，他们唯一对彼此说出的话，便是各自生命中——"就在埃马努埃莱和他一起说出"逝者的名字"的同时，雪花从天而落。

II

　　如此,在一九八〇年的十一月,一个日本男人和一个法国女人站在世界之巅上,一同看着雪花纷落。他们以为彼此间将维系一份长久的友谊,却不知道他们再也不会见到对方,这个夜晚将永远成为他们唯一的夜晚。一阵微风吹过,天空幻化成白色的碎屑掉落,城市消失在一片白色之中,留下他们与逝者为伴。

　　"听说过这个故事?"春问。

　　"没有。"她回答。

　　她在手背上捡起几片雪花。

　　"我猜出来的。"

　　"我很好奇是怎么猜出来的。"春说。

　　"故事也在跟我们说话。我和你的朋友圭佑,我们有一个共同点,我们都失去了一个孩子。"

　　埃马努埃莱对他微笑,好像要被安慰的人是他一样。突然间,一种心绪涌来——女儿消失了,随之消失的还有他和家人之间、过去和未来之间、他的先祖和他的命运之间新架的桥梁。春呆若木鸡。

"我看到了您的恐惧,"埃马努埃莱说。"事实上,我唯一可以卸下的重担,就是忧虑。至于其余一切,重量都是一样的。这很奇怪,对吧?伴以时间,我们的痛苦会减轻,但事情并不会因此而好转。"

她再次微笑,悲伤却又抚慰人心的微笑。

"我要顺着这阶梯下去,"她说,"我有一种直觉,它会把我们带到某个地方。"

春回以微笑,跟在她身后。在他们脚下,雪被踩得咯吱作响。雪小了些,夜色更浓了。他们走到了台阶底端,埃马努埃莱若有所思地迈到一条小径上——正是之前春发愿要埋葬自己的地方。走了几步,她停在了一处空地前,弯下腰,用手掌碰了碰雪地。

"我看到我的小男孩最后一眼时,他正在睡觉。"她一边说着,一边直起了腰。"他病了很长时间,只有他睡着了我才能放下心。当时,他看起来和其他所有小男孩一样,我畅想一切都会好起来的。他醒着的时候总是如噩梦一般,我很感激命运能让他睡得安稳。"

她示意想继续走,他们又沿着小径往上,然后右转走向了金戒光明寺的空地。星星又出现了,春觉得它们异常明亮。

"那个法国女人是谁?"她问。

春不知道该说什么。在他们周围，守护着建筑物和墓地的无形力量、坟墓和雪都传递出一种难以解读的信息。

"智雄先前对舞踏的诠释，同样适用于爱情。"埃马努埃莱说，"艺术和欲望都探知着我们的隐秘。"

"圭佑说我对女人一无所知，但也许我是对自己一无所知。"

"人人都有一处隐秘的角落，我们隐匿自己的地方会生出死角。"

他们朝真如堂的入口继续走，在附属院落和花园之间穿行。一切都在月光和白雪的映衬下银装素裹，而春熟知这里的每一条小径、每一根竹子和每一棵枫树。他们来到了通往主寺的红色大门廊下，空气中弥漫着既浓郁又轻盈的美妙气息。

"我每周都走上这么一圈儿。"他说。

"您很幸运呢，这座山上人不少——我说的不只是死人。"

"怎么知道这些人适合结伴而行呢？"春笑着问道。

"因为我已经很久没有过这么好的感觉了。"她回答道。

她友善地挽起春的胳膊，春欣然接受，带她走到大院里。

"上次与功男的散步也是这般深刻和欢乐。"回到高塔时,她说。

"所以即使心有缺失也会快乐吗?"他问。

"痛苦无处不在,我无法逃避。但有时,在某些地方,和某些人在一起,我会成为另外一个女人,能再次呼吸。然后,唉,我又变回我自己。"

他们绕过主寺,回到了通往智雄船屋的台阶。春正要告辞,埃马努埃莱拉住了他。

"那个法国女人,"她问他,"她在您讲狐狸和女士那段时,看起来是悲伤的吗?"

他一惊,点了点头,埃马努埃莱也点了点头。

"她属于一个您得为自保而避开的群体,"她说,"也许你们的命运不再交会是好事。"

她抚了抚春的胳膊,对他微笑。

"再会了,亲爱的朋友,"她说,"希望很快会再见到您。"

他按来时的路线往家走。在竹中稻荷神社,他将一枚硬币投进祭坛,摇铃,鞠躬,拍手,内心自嘲着。他在吉田山的台阶上好几次险些滑倒——积雪让台阶湿滑,大树又遮得阴暗。走出市中心的这块森林"飞地",他再次穿过寂静的校园,跨上鸭川的桥,稍作停留:满是野草的河岸在月光下泛着银光,草丛中懒懒睡着几只苍鹭。他又看到了埃马努埃莱在墓地里轻抚雪花的动作——亦是她之前收集雪花的动作。春想，她分别用了手掌和手背，但她触摸的不仅是雪，她触摸的是大地，她触摸的是"质"。春想知道她的小男孩叫什么名字，突然打定主意：下次见面，要把罗丝的事说与她听。想到要分享自己的秘密，他如释重负，虽然这重负尚未可知。春望着星星，再次惊叹它们竟如此闪亮。"它们也是我的判官吗？"他又想起了在高山市的那个夜晚。

他回到家，去了厨房，给自己冲了杯浓咖啡，对着月光下的枫树喝了下去。是因为睡眠不足？还是因为在祖先和伙伴们陪伴下度过的这两个惶惶不安的夜晚？抑或是和埃马努埃莱的谈话？在光与影、夜与雪的交叠作用下，显现出一个令人不安的真相——每一样东西都离不开它的对立面，每一份欲望都裹挟着明确的否定。他的生活，此前于他是清透明晰的，现在却呈现得甚是模糊，手背和手掌在反复的吸引和排斥中握住又松开。如同闭合的圆相一般，他的生活围绕着一个无形之轴持续旋转，痛苦和快乐交替出现。他听到前厅的门滑开了，佐和子穿着雨衣和米色羊毛连衣裙走进了屋子，她的头发散开垂下，头上箍了一条黑色发带。她眉头紧锁，严厉地打量着春。春意识到她不愿让自己看到她这个样子，也不喜欢他自己冲咖啡。天亮了,雪又下了起来,枫树随风赤叶飞。佐和子又进来了,头发已经束起,手捧一个托盘,上面放着茶、米饭和烤鱼。春向她道谢,她又迈着小碎步走开了。

12

将近两年前,二十三岁的西协佐和子刚到春的家里帮佣。那时,她儿子三岁,丈夫二十九岁,她还有一群无形的同伴。她的住处离真如堂不远,在法然院对面,是她的寡妇母亲遗赠给她的一座小房子。和别处一样,房子里冬天冻得要死,春秋两季温和却短暂,夏日里则闷热得令人透不过气。此外,由于靠近繁茂的山地,扰人的昆虫随处可见:蚊子、蟑螂、蜘蛛,还有一旦被叮上一口就会让人发上整整三天烧的毒蜈蚣。入口是一扇木门,门后有一个小小的院子,院里满是蕨草和南天竹。窗外的百叶窗将光线——以及其他未可知的东西——阻隔在外。下午四点钟,寺庙的钟声响起,令人不经意地仰起头,任时间流逝。街坊里有一些小店铺:卖豆腐的、卖现磨咖啡的、卖麻糍的,还有卖自制特色味噌的。这里的生活庸庸碌碌,熙熙攘攘,仿佛踩着某种内在的节拍,偶尔也有些不寻常的插曲。这一片小山地嵌在市区里,闹中取静,人们自得其乐,彼此熟识,也彼此窥探——百叶窗能遮挡住的东西,逃不出街坊邻里的眼睛。

就在这里,佐和子自幼在母亲雅子身边接受教育。一周中的每一天,雅子都在吉田山下的一家传统旅馆工作。旅馆很高档,由一个已略显拮据的古老家族经营着。知名人士、本土的领导人和一些来京都出差的外国人都是这里的常客。雅子在厨房、客房和餐厅帮工,身着和服,学习录入信息和记账。这个地方融合了地道的日式风格和明治时代新潮的西式特色,装潢的格调基于新艺术和英伦风。旅馆四周布置着精美的花园,里面的杜鹃花、枫树和松树均由高级园丁负责修剪。放学后,佐和子就去找妈妈,跟着她学习经营一个知名场所所需的一切知识:如何搭配和穿戴和服、跪坐、问好、做饭、记账,以及宾客的身份地位、外来者的习俗和人性的恣意无常。在吉田本馆,佐和子学会了如何服侍他人。

这个辛苦又传统的环境空间与她自身的秉性交会融合,让她形成了一种既务实又古怪的性格。关于她的"古怪"一面,她最喜欢去能听到神灵低语的地方。她常去母亲家对面的法然院佛寺,还有在旅馆附近的吉田神社——城中最古老的神道教圣地。在吉田山上,她常久久驻足于竹中稻荷神社的祭坛前,并在那儿构建起一套关于佛教神明和神道教神灵的混合理论。这理论是基于僧侣和神职人员的说法，以及她自己孩童时期的假想。长大成人后，她也并没有偏离，反而越发热衷于此。这使得与她的对话往往被她的组织感主导，但也会突然间前言不搭后语。实际上，她运用着只属于她自己的两种宗教精神的教义，这在一定程度上可以解释她的思绪断线：神灵——或者不知道是什么——对她轻语着其对话者所听不见的话。抛开这点，她苗条、柔和、顺从、坚韧，很少笑，把控一切，悉心料理。生活于她是一个必须认认真真工作的历程，她不图享乐，正如圭佑在未来的某一天里所言，她秉持一种质朴、近乎崇高的形态。

高中毕业后，在旅馆老板平井夫人的鼓励下，她前去奈良学习美术史。她的母亲在夏天突然去世，佐和子靠自己的一小笔积蓄得以支撑学业。她三个同父异母的姐姐佳在东京。她把京都的房子租了出去，到奈良则寄宿在一个堂姐家里。一天结束时，她头脑中满载着艺术品和知识，会沿着东大寺的后面返回。然而，有一天晚上，毫无征兆地，她大惊失色：艺术的磅礴之势扑面而来，建筑物的阴影在地上蔓延，如恫吓一般。寺院阴森的轮廓盯着她，横眉怒目，令她感到一种无形的恐惧。她走了几步，石灯笼拖长的影子令她毛骨悚然。她跪在小路的石头上，想：你怎么敢？她起身，鞠躬，逃离，翌日便回到了京都。三个月后，她结婚了。

从儿时的生活、旅馆的生活、奈良的生活，到为人妻、为人母的生活：不出所料，她只忍耐了三年。一九七九年一月一日，黎明时分——趁儿子和丈夫还在睡——她离开家，走上哲学小道[1]，穿过白雪覆盖的樱花树下，沿着空无一人的街道继续西行，走到真如堂山脚下，停留了片刻。她听到微弱的、好似什么东西断裂的咔嚓声。白色天空下，乌鸦在灰色的屋顶上方盘旋。她重新踏上命运之路，爬上山坡，穿过寺院，下山走向旅馆。她从帮佣们走的后门进入，穿过走廊，看见平井夫人在茶几前，正以一首诗为底本在练书法。

"哎哟，是佐和子吗？"老夫人激动地说，"怎么一大清早就来看我啊？因为新年吗？"

佐和子恭敬地问候了她后，回答说："我想为您工作。"
她深深鞠了一躬，补充道：
"就像我母亲一样。"
平井夫人轻轻放下毛笔，叹了口气。

---

[1] 京都一条沿溪小径，长约两千米，是著名的散步与赏樱佳境。

"我们非常想念雅子,"她说,"真的非常想念。"

她示意佐和子坐下。

"但你不适合这份工作。"她接着说。

佐和子正要辩解,她抬起了手。

"你总是有惊人的预感,你此次前来并非偶然。昨晚,邻居长谷川先生来看望我。"

她起身,在办公桌上找到一张纸。

"你打这个电话。他的一个朋友,是位可靠的先生,在找管家。"

她坐下来,又拿起了毛笔。不过,在佐和子要离开时又把她叫住了。她说:

"这将是你的第一个'王国'。"

第二天,佐和子打了电话,将儿子托付给了邻居,便前往她的第一个"王国"。回家时,看到下班回来的丈夫在小院子里。

"我很担心你。"他对佐和子说。

"他立刻就聘用了我,"她说。"是一位令人尊敬的先生。"

"聘用?"他重复道。

"那所房子朝向着鸭川,"她接着说,"着实是一座非常漂亮的宅子。"

他对佐和子跳脱的思绪习以为常,只好跟上新状况,

问道:

"你具体要做什么?"

"一切。"她回答。自此,开启了她的新生活。

每天早上,她都出门前往她的第二个家——事实上,于她,那里才是真正的家,集合着她所有过往和未来的地方,就像真如堂之于春一样。她知道最初的惊奇感不会弱化,此后的每个黎明,她都将同样地体会到树木和叶子的欢畅,同样地沐浴在一种感受之中:一切都是确切的、纯粹的、恰当的、契合的。河边的那座宅子融合了她崇敬的艺术元素,同时也为她提供了一块与她相称的领地,让她有了自己的位置,可以安然若素地予以掌控。还有一点,那就是她喜欢春,并决意要照顾他直至终老。她的耿耿忠心,在日后的某些人看来,可谓近乎狂热。她刚刚"即位",她的最后一位"神"显身了:起初的一段日子,她仔细检查了房体和墙壁,四处听房子的声音,察看屋里那棵树,困惑不已,觉得自己漏掉了什么东西。她在走廊和房间里踱来踱去,感觉到一种空洞的存在。她不停地找着,但又不知究竟在找什么。终于,在此工作了两周后,一月里的某个清晨里,她遇见了圭佑。

13

她开了门,圭佑跌倒在她的怀里,口气恶臭,衬衫破烂不堪,一只鞋也不见了。佐和子把他推开,他无力地在瘫倒在玄关的地板上。她出神地看着他,问随后进来的春:

"这是位君王吗?"

春瞧了瞧圭佑——蓬头垢面,衣衫不整,呵呵傻笑着。

"君王?"他重复道。

但是她没在听春说话,而是不由自主地凑近了这个酒鬼。即刻,她明白了:她找寻了两个星期的东西住在宅子外面,就在这个人身上。

"我去煮点儿咖啡。"她笑着说。

然后发生了一段荒诞不经的对话。春费力地将圭佑拖到客厅,在枫树的玻璃墙前放了个垫子,扶他坐上去,背靠在屏风上。佐和子端来咖啡,跪坐在他们面前,双手交叠放在绣有黄菊花的黑色腰带上。喝完第一杯后,圭佑开始摇头摆脑。

"哦,大菊花。"他喃喃地说着,眼睛湿润了。

"她很喜欢菊花吗?"佐和子问。

"非常喜欢。"圭佑说。

佐和子竖起耳朵,似乎在听着什么东西或什么人。

"啊,"她伤心地说,"还有您的小女儿!"

"还有我的小女儿。"圭佑机械地重复说。

"和她妈妈一样喜欢花?"

"和她妈妈一样。"圭佑又重复着。

佐和子悲伤地低下了头。

"和她妈妈一样。"她也又说了一遍。

佐和子又给他倒上一杯咖啡,他一饮而尽。

"你是谁啊?"他问道,试图调整他的视野,眯着眼睛,皱起眉头。

显然,他并没能看清,因为他惊呼道:

"一只狐狸!一只穿和服的狐狸!噢,好美的菊花!"

他的手指着春。

"这个人,"他对佐和子说,"这个人是一个披着商人外衣的武士和唯美主义者。他懂茶,懂精神,懂生意。"

佐和子认同地点了点头。

"但他对女人一无所知。"圭佑继续说道。"他看她们,但他看不见她们;如同把玩货物一般——以肉体为单位的货物。最终,唯一能拯救他的事儿,就是他不喜欢直线。"

他大笑,试图站起来,但没有成功。

"山里人太蠢，"他说，"但当你周围一片漆黑时，你就会希望身边有一个这样的蠢蛋。"

随即，他惊讶地大叫一声：

"咦，所以呢，你不是狐狸吗？"

"我觉得不是。"佐和子说。工作的规矩、社会的阶级和女性的稳重在此刻都化为乌有——她接着说了一句："您在这儿就是在家了。"

上午剩余的时间里，陶匠圭佑都在大厅的矮脚沙发上打着呼噜，口水横流。佐和子像母狼一般殷切地注视着她这位新英雄，春在书房里整理完生意上的事后，便坐下冥想。午后，圭佑从昏睡中醒来，发现手边放着一杯浓茶和一小碗纳豆。

"你的管家有天眼。"他对在一旁边看书边抽烟的春说。

"也许她能听见星星的话。"春回答。

"你都不明白自己在说什么。"圭佑笑起来。

"虽然我是个乡下人，但我能听见星辰的声音。"春反驳道。

一时冲动，他引用了在"隐之居"读到的那首诗。两人一时沉默无语。

"是野泽节子的诗。"圭佑张口说道。

又是一阵沉默后，他接着说：

"纱枝非常喜欢她。"

"她还活着吗？"春问。

"逝者依然活着，"圭佑回答说，"有我们，他们就活着。"

"我说的是那个女诗人。"春说。

"我知道，"圭佑说，"我是想提醒你一些关键的事情。还有：日本真正的语言，就是星星的语言，是平安时代由博闻多识的女性发明的。那是一种能以上百种不同的方式来表达雨、雪、夜、感觉的语言，但其丰富性和细腻性已被现代性抹杀了。日本一切仍鲜活的东西都来自女性之道。"

他在春的鼻子底下晃了晃他的纳豆。

"女人是我们的判官。我不知道你在盘算着什么，但你最好别忘了我这句话。"

现在，一年过去了，春回想起圭佑的这些话。他的话与前一天埃马努埃莱的话交织在一起："她属于一个您得为自保而避开的群体。"春笑了，命运的曲折令他窘困。星辰曾指引他聆听先祖，然后是他的伙伴，现在又是他的判官。她们的名字是佐和子、埃马努埃莱或波勒，她们都是同一个孩子慈爱的监护人——这个孩子的命运归属于女性：他让佐和子知情，打算对埃马努埃莱敞开心扉，把罗丝的命运托付于波勒之手。她们都拥有同样遐思的智慧，同样感知无形事物的天资,同样强烈的存在感——这使得她们结成了对他女儿有益的群体。相反,莫德身处于对立的群体,她必须得离开自己的生活。于是,春从报告和书房的木板上抽出了有她的照片,并打电话给梅林学,请他将这一要求转达给那位法国摄影师。最后,他遵循着好心判官们冥冥中指示他的事情:和佐和子谈谈。

14

第二天,在枫树的玻璃天井前,春找她来单独谈话。她端来茶,在春的对面坐下。

"罗丝的妈妈不想让我出现在我女儿的生活中。"他说。

"那个悲伤的法国女人。"佐和子说。

"你还记得她?"春问道。

"有一天早上,我在走廊里和她擦身而过。"她回答,"她穿着一件绿色的连衣裙。"

她松开双手,又重新交叠。

"非常漂亮,非常悲伤。"她补充道。

"没错,"春说,"对她的悲伤,我无能为力。"

"这是一种厄运,一种诅咒。"她说,"一个强大的神灵,或者是个邪魔——因为我看到了一只狐狸。到底是善灵还是恶灵,还有待判断。"

她皱起眉头。

"以前,狐狸和人住在一起,"她继续说,"所以很难知道。不过,要有所行动得先知道缘由,可她又已经回到了法国。法国人是怎么自我净化的呢？如果这是一个循环，必须马上打破它。"

"如果我不在女儿的生活中，又怎么能与她亲近呢？"他问。

"亲近？"她重复着，好像这是一个脏字。"你不在更好。"

他惊诧不已。

"我不明白。"

"距离会维系这条纽带，"她说，"现实反而会把它扯断。"

"但是爱需要一定的亲近感啊。"他表示反对。

她笑了。

"您给予吧，"她说，"就像守护我们的星星一样，不求任何回报地给予即可。"

他没想到，在她讲了关于狐狸和神灵的一番话后，又提及了星星。他怀疑是不是在自己不知道的情况下，佐和子和圭佑交谈过了。

"还有，您不能对女人做的事，您可以对孩子做。"她起身的同时又补充了一句。

上午余下的时间里，春都在思考她的话。他回想过去一年中发生的重大事件，决心越发坚定。"唯一能拯救他的事儿，就是他不喜欢直线。"圭佑是这么说他的。今天，在狐狸和星辰的指引下，他听到了启示。也许他只能以圆相和书法的方式成为父亲——因为其中显露出他自己内心的曲线和绝境。他的商业头脑、他的成功才能、他对女人魅力的偏爱、他对亲密感的无能为力，这一切也许可以解释为什么他曾想要莫德，并准备好爱一个他无法直线奔赴的孩子。此外，何以修复他的无能为力？听了佐和子的话，他在罗丝身上有了在本土就能实现心愿的可能性，从而做出无论他作为商人还是情人都无法达成的事情——因为他发自内心地想给予。他发现了这一点，接受并喜悦地审视这一点。他把这一点视作父亲身份的一项品质，并将之置于自身意识的最高处。他将给予——他的给予不会是通过直接的路径，但他还是会给予。而如果，在这条付出的道路上，他敬爱家人，爱护兄弟，追随女性之道，或许，他会成为一名父亲。他对自己重复着"女性之道"——就像他过去常说"茶之道"一样，并将自己的命运交托于判官之手。

岁月

I

就这样，几年过去了，致力于尊重女性之道，害怕诅咒的循环，以及与不在身边的女儿交谈——这是春目前唯一可以"给予"的方式。每天早上，他起床后，向他的河流和群山问好，喝一杯茶，和罗丝说说话，然后点上一支烟，开启他一天的工作。晚上，在浴盆里，他像所有勤勉的父亲一样，接着早上的话题继续聊。实际上，他怀疑许多父亲对女儿并没有这份兴致。莫德的威胁虽然带走了罗丝，但也给予了他自由的空间；而与他境遇相似的人中并没几个人拥有这空间——实际上他们也不想要这空间。孩子属于女性。除了圭佑，春不知道还有哪个日本男人热衷于家庭教育。

他总是饶有兴趣地观察贝丝抚养儿子的方式。他们时常见面，一起睡，也谈生意上的事儿。他们之间的情意是淡然的，没什么浪漫色彩，但双方在性生活上也都能令彼此感到满意。此外，虽然对春而言，贝丝也有些神秘之处，但与莫德不同,贝丝的神秘不会令他如失明一般。在他眼里,她只因是英国人的关系,显得些许难以捉摸——但这更令人着迷;除此之外,他和她在很多方面都有相似之处。她经常带着威廉和春共进午餐。一段日子后,这便成了一种习惯:每个星期五,他们三人就约在市中心主干道寺町大街上的三岛亭。这是一家町屋风貌的寿喜烧老店,威廉百吃不厌。他坐在春对面,是个性情温和、沉默寡言的孩子;密实的睫毛下一双蓝色的大眼睛。他继承了母亲修长的身形,也继承了父亲的黑头发、尖鼻子和日本肤色。这个挺拔、清秀的混血儿走在路上,总引得行人不住地回头多看上几眼。他们为威廉庆祝十二岁生日,看着他夹起用清酒和白糖烹饪的肥牛薄片,裹上生鸡蛋,大快朵颐。春很欣赏这个强势女人的慈母一面——尽管贝丝对爱情无感,她只想要男人的肉体和开辟事业的权力,除此之外,贝丝只有对儿子和禅境花园的爱。

贝丝·斯科特——她未婚时的名字,她第一眼看到南禅寺的沙,便爱上了日本;第一眼看到她出于对日本的迷恋而生下的孩子,便爱着他。每每想到贝丝给自己选的丈夫,春总觉得讶异:一个完全没有明显特质的男人。春在某些生意场合上遇到过,但完全没有留意过他。与贝丝共度的第一晚后,他明白了——她的丈夫中村龙曾对她说:"我能许以你日本、舒适的生活,以及孩子——如果你想要的话;与此相抵,你的身份将永远是我的伴侣,不过你是自由之身。"另外,说他没有任何特质或贝丝·斯科特对他没有任何依恋也并不完全准确。毕竟,很少有人能讨她欢心。有些人行事是受情绪鼓动,而她行事则是受赏识和尊重的驱使。她的丈夫欣赏她这一点,也正是因为这一点,在他们结婚的头两年里,他的房地产业绩翻了五番。明眼人都瞧得出,是贝丝在幕后操控着一切,只是她表面功夫做得到位,沉默寡言。因此,日本人虽然不喜欢她,却对她报以一份尊敬。而这,这也正是她给予他人和向他人索取的全部。

在贝丝的生命中有过两个令她不能自持的瞬间。在二十二岁生日那天,她第一次来到南禅寺的主花园。当时天在下着雨,她在寺院入口处付了钱,脱下鞋,走过一条幽暗的长廊后,眼前出现了光明灿烂的一幕景象——一万千米的旅程,满溢的直觉,难以言表的欲望,一切都在这花园的形态中有了意义:四棵树、石头、苔藓、几株山茶花,一两棵杜鹃花,还有一片耙成波浪纹路的沙地;左边和对面是白墙灰瓦,右侧是寺院长长的外廊;远处,目光所及是其他寺庙的屋顶,漫山的树,山脊上的天空。处处尽是雨声。贝丝内心那一片干涸而荒寂的沙滩被重新塑成一处僻静的景致，充盈着从痛苦中涤净的神韵。她凝视着花园，感到自己内心的景象折射其中，并归于平静，她想：在这里，我可以面对任何事情。终于，在她二十四岁生日那天——那是一九六九年春天——她置身于自己的另一幅私密风景前，感受如出一辙：锚定在她身上的无形的绝望，在与她此前在寺院花园中所体验到的同样力量的作用下——被光照亮，转化为欣喜。当中村龙进入产房看儿子时，她对他说：

"他叫威廉。"

"他还需要一个日本名字。"中村龙说。

"随你，"她回答，"但我们只喊他威廉。"

十二年后的同一天，春和贝丝、威廉在寺町大街上的这间老町屋里共进午餐。纸质隔断的缝隙里沉淀着百年历史的兴衰。春很喜欢贝丝的一点是：她作为母亲，并不从儿子身上期待被需要的存在感。她毫无保留的母爱令他惊叹不已。他们在一个单独的包厢里围炉用餐。服务员端上铸铁锅、牛肉片、茼蒿、香葱、洋葱、蘑菇、豆腐和打好的生鸡蛋，随后便退下了。气氛温馨平静，木头嘎吱轻响，神灵呢喃细语。这座老房子的屋架娓娓讲述着十九世纪的兴亡盛衰、文化的绵延存续，以及自身经久不息的荣光。外面长长的屋檐下，尽是华美的商店、闪烁的霓虹、高声的音乐和丑陋的混凝土。在这里，历经了三个朝代的障子门仍在滑动着。

快吃完饭时，有一瞬间，春转向威廉。孩子正异常专注地盯着他，睁圆了眼睛，充满了暗黑的恐惧。在如饱蘸了墨水般的目光中，春看到了一个幽灵的身影溜过。男孩低下头，恐惧消失了；春自斟自饮，平复着不安的心绪。贝丝什么也没看见。

"我们在这里很幸福。"她说。"在东京的十年并不算漫长难熬，不过，也是时候离开那儿了。"

威廉一边嚼着蘑菇，一边低声哼唱着，朝锅里放入几块豆腐。春向贝丝坦言，说想在东京买一套公寓，那边生意日益兴旺，他总住酒店也住够了。

"那我们下周一起去看看。"说罢，她摸了摸儿子的头发。

又一次，孩子的眼眸中闪现出幽灵般的恐惧，贝丝微笑着沉浸在慈母的温柔中，又一次毫无察觉。到底是怎么回事？春很纳闷。他想到了罗丝，喉头一紧。在孩子的心里，阴影竟能来得如此之快吗？他突然看见了同龄的自己站在湍流的岸边——这景象的底色悲伤、阴郁、静默；虽转瞬即逝，但他从中感到了一种威胁的迫近。

2

然而,四年过去了,并没有发生任何不幸之事。在这四年里,春持续地对他的女儿诉说,让自己相信诅咒循环之说不过是子虚乌有;而他依然在做决策之时,信赖女性的判断。

照片和汇报材料按季度从法国不断寄来。罗丝长高了,春端详着这个红头发、爱笑的小女孩的容貌,欣喜中不乏惊讶:从她身上完全看不出她有一个日本裔父亲;而且除了眼睛和头发的颜色之外,她与她的母亲也没有其他相似之处。她长着一个小翘鼻,圆圆的鹅蛋脸上有小雀斑,额头宽而平——而莫德的前额则窄而饱满。在一张照片中,春看到她裹着一件橙色的小外套,一顶深绿色的小软帽直遮到眼睛,几缕红色的头发在双颊旁飘动,小脸上洋溢着幸福和欢乐。这与诅咒循环的预言相去甚远,所以他每天都要看看这张照片,当成护身符一般在手中摩挲。在另一张照片中,罗丝抬头看着波勒,目不转睛地盯着祖母。尽管与她相隔万里,尽管她命途多舛,他还是惊讶地发现波勒身上有着与自己相似的魅力,这种魅力源于热诚和松弛感的结合。波勒审视生活——与他年少时一般热切。她观察、剖析、渴望一切——和春进入并征服这个世界的方式一模一样。在罗丝旁边,波勒拍手、微笑、唱歌,跟她的外孙女说话,这份喜悦饱含着感染力,让春时不时看得眉开眼笑。自己女儿的命运系在她的手中,他便安心了。此外,莫德也不再出现在照片中——关于这点,报告是这样写的:她整天坐在阳台上,不时地哭泣。但罗丝过得好好的,春持续地在早上和晚上向罗丝讲述他的河流、他的伙伴们和他远方的祖辈;他对罗丝叙说高山市和京都、两地的大山、清酒发酵的各个阶段、狐狸的重要性;春还给她讲解自己的工作,与她分享自己的好恶,悄悄告诉她行业的运作和技巧。在他这样做的同时,春逐渐看到了一个从未发现的自己——一个多面的、复合的、与家族相连的自己。最后,他总是点上一根烟,回归他的日本生活。

直到重大变故的一年来到之前,这样相对平稳的日子一直持续着。生意非常红火,在贝丝的协助下,春在东京买了一套大公寓。他每个月去东京两到三次。有个熟人在银座拥有一栋大楼,他总会去此人家里组织新闻晚宴、临时展览和派对。在那儿,他结交了新的朋友,以及一大群丰富了他社交圈的人。他在东京过着欢乐而勤勉的日子，事业大获成功。但当他回到京都，回到他的家、他的寺院和他的大山时，春感到如获新生。由此，他怀抱功名利禄，却依然能与成为商人之前的自己重新联结。他回到了鸭川畔的家，又出门找他的朋友们。他在一家酒吧的深处看到了圭佑，知道自己回到了生活的中心。

他时而会与埃马努埃莱通信，希望她能回到日本，也期待着能和她谈谈罗丝。在他们第一次见面的三年后，她在信中说春天她将在名古屋和东京举办一系列独奏音乐会。"但我会去京都看望您的，"她在信的最后写道，"到时我们一起去真如堂的樱花树下散步。"之后，便再无音讯。后来，春从智雄的口中得知音乐会都取消了。又过了一个星期，他收到了一封信，信上的字迹颤颤巍巍，难以辨认。"我病了，"她解释说，"虽然医生不这么认为，但我自己清楚命不久矣。"春回复她，肯定是她想多了，自己很想念她，她很快就会回到日本。在她亲手写的回信中，她感谢春并补充说："我不在乎死亡，但当我走了，谁还会记得我的小男孩呢？"之后，春彻底没有了她的消息。出于担心，他打电话给梅林学。后者告诉他，埃马努埃莱不再出门，也不再接待访客。终于，一九八五年的某一天，风暴降临，令人猝不及防——预言过的一切开始应验了。

3

一九八五年——四个人的故去之年。一月三日下午,春从智雄那儿得知了第一通死讯。当天,他本没有打算去真如堂高地;不过在最后一刻,他还是突然决定冒雪出门,叫了一辆出租车。在夜幕降临时,停在了船屋前。智雄上前迎他,并告诉他说,埃马努埃莱过世了。又接着说:"功男病了。""什么情况?"春问,但智雄没有回答,让他进门,并带他走进宴客厅。只见智雄的挚爱窝在躺椅上,痛苦不已。功男脸颊凹陷,目光呆滞,呼吸困难。他前一天还年轻英俊的容颜已尽显老态。一个星期后他便病逝了。住院时,朋友们陆续前来探望,智雄守在病床边寸步不离,束手无策,只能眼睁睁地看着功男死去。一月十日早上,春来到病房,看见智雄跪坐在地板上,闭着眼睛,双手放在大腿上。春也在他身边跪坐下来——一片沉寂中只有监测器运行的声音。他们起身,功男已去。智雄没有眨眼,也没有哭,只字未言。春也一样。他们端详着这具饱受折磨的身体——他曾经那么欢乐、那么美好。随后,进来了一位护士，然后是医生，然后还有其他人——他们俩离开了病房。

守灵仪式是在功男父母家举办的，他们住在城市另一端的岚山之下。老迈的和尚面无表情地喃喃念经，场景冷凄，一家人默不作声，怨气弥漫——不知是因为功男的死还是因为功男友人们的在场。这所房子面朝桂川，周围宽广而多石，如同在月球表面一般。花园疏于打理，潮湿阴暗，处处都透出狭隘和枯燥的气息。功男就躺在这片泥地中央，已然旧容难辨；悼客们一一奉上帛金信封。次日的葬礼别无二致，智雄遵从了家属意愿，介绍自己的身份是死者的室友。他在敞开的棺材里放了一朵花，头也不回地离开了。当晚，在真如堂高地，众多好友齐聚一堂。

聚会里有功男一贯来往的朋友、他在剧院担任监制时的同事们、一大群酒友，还有他亲兄弟中的一个——也是唯一一个与智雄有联系的家人。喝酒和致辞交替进行，注定要持续一整夜。大家喝着酒，有人站起来讲话，大家再饮一杯，又有人站起来致意。智雄瘫倒在那把他的挚爱曾承受苦痛的躺椅上，听着大家的话，并没有喝酒。剧院的演员和技术人员讲述了舞台轶事，朋友们讲了些友谊故事，每个人都沉醉在清酒和悲伤之中。有一刻，圭佑跟功男的弟弟说：

"家康，你相信会有理想的生活吗？"

"当然。"对方醉得已无法回答。

"这并不存在。"圭佑说，"不要过分苛责你的父母和兄弟们。与其做他们内心所信之事……他们更愿意信奉别人告诉他们要做什么，和他们一样的人大有人在。但功男呢，他只信奉人性，所以，他是令理想生活成为可能的那种人。"

这番话引来一片低声的啧啧赞同。智雄也终于连饮了四杯。将近晚上十点，船屋的门铃响起，是雅克和一位与他戴着同样黑色领结的少年。他用日语向智雄表达了哀悼，然后指着他的儿子说：

"我想让他长长见识。"

男孩用还不熟练的日语自我介绍，他的名字叫爱德华，很高兴认识大家，并用英语补充说他为功男的事感到遗憾。

"你今年多大？"智雄问道。

"十六。"他回答。

透过窗户，在灯柱下，樱树被冬夜漆封了一般。时光分秒流逝，一些客人在榻榻米上睡着了，也有人走了。到了某一刻，就剩下两个法国人和三个日本人在聊天喝酒了。开始他们还努力用英语聊，不过在清酒的作用下，又不自觉说起了日语；雅克基本能懂，但爱德华是完全听不懂日语,所以春作为唯一还能说英语的人,便为他俩翻译着。后来,就连智雄也有点儿撑不住了,午夜时分,他让雅克重复了两次关于功男去世的问题。

"一种闪电般的疾病,"智雄明白后回答道。"地狱就在身旁,我们穿过一片迷雾就掉进去了。"

正在打呼噜的圭佑抬起头来。

"地狱?"他说。"我只活过一个小时,但我被禁止死去。我的命注定是在全家人死后苟活,我像个傻子一样在这里等着你们全部死去。"

他打了个嗝,又给自己倒了一杯酒。

"但是你,"他看着智雄,补充说,"你的命是不同的。"

春为雅克和爱德华翻译。

"啊,"雅克说,"这也是我所理解的。至于我,我会比我家人先死;但我的那一小时也过去了,剩下的时日无非是消磨时间了。"

他转向自己的儿子。

"我爱你,"他说,"不过,你知道,我讲的是我作为一个人的命。"

"智雄的命运有何不同?"爱德华问。

春用日语向圭佑转述了这个问题。

"智雄兄?"圭佑说。"他运气好,仅此而已。他还会另有所爱的。"

"您是懂运势的大师吗?"爱德华问。

"是啊。"圭佑说。

"如果我也有什么运势的话,可以告诉我吗?"

圭佑哈哈大笑。

"我不是灵媒,"他说,"不是别人问什么我就能看见什么的。"

"那您是什么人?"爱德华问。

"诗人。"圭佑回答。

然后,一个晚上过去了,大家都无法真正继续对话了,只有春还在与爱德华交谈。

"你知道自己未来一生要做什么吗?"春问他。

"我要接手店铺,"爱德华说。"但我得先学习艺术和东方语言。"

"你喜欢做生意吗?"春问。

"这个,"爱德华说,"算不上喜欢,但这是一条路,不是吗?"

"什么路?"春又问。

"来这儿的路。"他回答道。

他环顾房间。

"我从没想过某一天会理解我父亲。"

同时,他看向智雄:

"我也从未指望过我父亲能理解我。很显然,除了我们都在日本这一点，我们生活在不同的星球上。"

"没这么糟。"春说，然后又随口一问："你认识我和你爸共同的朋友莫德·阿尔当吗？"

"莫德吗？"爱德华说，"她有个女儿，她离开了巴黎去她母亲那儿隐居了。我爸爸挺喜欢她，但我不明白为什么。我觉得她疯了，我很同情她的女儿。"

"疯了？"春重复道。

"我的意思是，除了僧侣和疯子，谁会在三十岁时选择与世隔绝？"

凌晨三点，雅克和爱德华告辞了，圭佑打着鼾，和其他几个人躺在榻榻米上；智雄眯着眼睛，在躺椅上休息。春在寒夜中出了门，爬上通往寺庙的阶梯。夜色清朗，石灯笼在院子里投下细长的影子，砾石小路闪闪发亮。爱德华告诉他的话——"在日本，我父亲和我得以彼此理解"——让春对他与女儿的关系有了全新的认识。他甘愿给予，直到这一晚之前，他都认为自己就是要对罗丝诉说，且日后要将他的财产转给她。想到这儿，他笑了，面前喷出一小团白气。他顺着黑谷蜿蜒的路，在坟墓之间前行，一直走到了长阶梯的顶端。脚下铺陈的城市中传来低沉的喧哗和汽笛的鸣叫。远方，往左能看到京都塔，那是这座鲜有高楼大厦的城市里最高的建筑，有着奇怪的钢制蘑菇般的外观、白色底座和鲜红的圆形平台；中部，能看到京都第二高的建筑——大仓酒店，一扇扇窗在薄雾中投射出小小的光晕。远处往右，则散布着现代建筑，还有陡峭的山壁。在这片混凝土的海洋中，寺庙的屋顶像灯塔一般，醒目地散落在各处。其他一切都浸染在霓虹灯的光晕中。春久久凝视着糅杂着丑陋与优雅的当下。

4

理解生者，毕竟，是春三十六年以来的使命。因为在他周围，总有人不断地逝去，同时未亡人也需要被照料。

在埃马努埃莱和功男之后，第三个离开的人是四十岁的中村龙，贝丝的丈夫。一月二十日，正是春生日的当天，中村龙在中午左右倒在工地上，抢救人员也无能为力，确认他已经死亡。贝丝当时正在附近的一家餐馆等他一起吃午餐，结果等来了他的助手，贝丝顿感全身血液倒流，惊恐不安。助手告诉她，中村先生突发急症。她瘫坐在椅子上，感到意外的慰藉。几天后，她向春吐露，她当时以为是威廉出事了。葬礼十分隆重，贝丝不遗余力地按照日本人礼数周全的方式操办，遵循风俗，向丈夫致以诚挚的缅怀，并为公司的未来筹划安排。威廉默不作声，一如他在寺町午餐时的沉默，也如他平时在生活中的沉默。他英俊得令人心疼，犹如担心任何一件完美的艺术品破裂那般。他的目光时而阴郁，春对此已习以为常；但没有一次比得上威廉十二岁生日那天那种惊恐万状的暗黑眼神。他那双湛蓝的眼睛在青春期已经呈现出一种水晶般的质感，似已到了极致，变得透明。挺拔的身材、乌黑的头发、米白的肌肤，更为这个帅小伙儿增添了一份独特的优雅，令路人都看得出神。但不管发生什么事，他往往不动声色，缄默不语，仿佛只看得到他母亲的身影，只听得见他母亲说话。他跟母亲讲话一向说英语，虽然他们在三岛亭吃午饭时，他也说日语。春注意到，当他使用日语时，显得似乎不那么难过；在葬礼上，看到他穿日式衣服比穿英式衣服更显自在。不过，无论他说哪种语言，威廉都还是个谜一般的孩子。

过了几天，平安无事。二月十三日，下午时分，佐和子说，今天感觉怪怪的。当晚，春与圭佑和智雄一同去了一家荞麦面馆吃晚餐，面馆就在船屋下方的主干道白川通上。他们在面馆喝得很节制，随后又去到市中心的一家酒吧尽兴。这是京都第一家卖法国葡萄酒的酒吧。喝下一杯高价勃艮第红酒后，圭佑说："一般般吧。"他们又点了一瓶波尔多红酒，边呷边轻轻摇头。终于，圭佑说："还不如一杯上好的清酒。"然后，三人又转道去了他们最爱去的酒吧之一，那儿的珍稀清酒同样价格不菲。头两个欢快的小时过后，春有一种感觉——他将其归因于酒精的作用：世界正在退却，如同海啸来临前海岸上的退潮。他看到街道和建筑物被一个无形的旋涡吸起，被甩出很远，而他无力扯回。同一时刻，圭佑谈到了长子太郎，他说："他去冲绳潜水了，现在的年轻人都是笨蛋，在他这个年纪，我都跑去山里找乐烧用的土。"智雄打车回真如堂高地了，圭佑和春步行回到了鸭川畔的家。春醉意朦胧，但他还能径直走路，也没有说醉话。他架着圭佑，把他拖到了大厅，扔在矮沙发里，然后回了自己的卧室。

他在一种不详和雨淋的感觉中醒来。枫厅内，佐和子正在规划自己的差事，余光瞟着圭佑。这个陶匠打着鼾，头埋在垫子里，一条腿垂下，另一条腿半光着，裤子卷到了膝盖。雨正下着，东山在连绵不断的雾气中隐去。门铃响了，佐和子走到玄关处，抱着樱树枝回来了。春看着她把树枝整理在一个瓶身有裂纹图案的大陶瓶里。她的动作如同做外科手术一般，毫不犹疑，干脆利落，正如她做其他事一样，透着一股练达老成的气质。她刚插完花，圭佑睁开了眼睛，大叫道：

"嚯！这个花瓶不错啊！"

春笑了。

"打造它的陶匠也不错。"

"是我做的吗？"圭佑问。

"是你做的。"

他们一边聊,一边喝茶、抽烟。十一点左右,在屋子里进进出出的佐和子在能俯瞰河面的窗口前站住了。她似乎在扫视灰蒙蒙的风景,将一只手放在了胸前。

"不舒服吗?"春问她。

"我不知道。"她说。

春关切地起身。

"不,"她说,"我很好。"

她转身去了厨房,春和圭佑对视了一眼。

"怕是没什么好事儿,"陶匠说,"你知道她有阴阳眼吧?"

"宗教你都不信,还相信有阴阳眼?"春打趣地说。

"我相信人和人的才能。"圭佑反驳道。

临近正午,他们出门了,春搭火车去东京,在商务会议中度过了傍晚。晚宴上,他请大家开怀畅饮,其间还谈成了他职业生涯中尤为重要的一笔大买卖。下午三点左右他回到了本乡町的公寓。电话响了,他接起电话,听到佐和子的声音:"太郎死了。""死了?"春不解地重复着。"在冲绳的座间味岛,"她说,"是潜水事故。"她的声音冰冷而机械。一阵沉默后,她又说:"我本应知道的。""没人能预知。"春说,又是一阵沉默后:"我赶下一班火车。"

他赶上了早上五点钟的新干线,八点前就到家了。佐和子给他开了门。枫厅里,他看到了圭佑,背对着玻璃天井坐着。

"十六岁死在座间味岛。命运真是残酷。"陶匠说。

春坐在他旁边。

"那是我爱上纱枝的地方。"

他接过春递上的香烟。

"命运在残杀它的枝条,"他又说,"这次你要说什么来安慰我?"

春什么也没说。

"他们今天会把尸体送回。"圭佑继续说道,"信今天上午过来。古座间味海滩异常漂亮,你知道吧。"

他吸了一大口烟。

"最糟糕的是,还得再忍受一次那些和尚。香火、和尚、佛经、装在漂亮信封里的可笑的帛金,然后又是和尚。"

在守灵期间,圭佑的哥哥弘士庄严地主持了仪式。第二天的葬礼上来了一大群人——"他们是为你、为信、为太郎、为纱枝、为小洋子来的",春对圭佑说。陶匠眼神空洞地看着他,然后绝望地哭起来。春把他带到一旁,免得让他的小儿子看到。圭佑在友情的沉默中哭了很长时间。葬礼结束时,他致了辞,依礼向到场的人表示感谢。他的眼睛干涩，驼着背，讲话得体有分寸，同时看向信——子女中唯一还幸存的人。

"只要你在，我就想活下去；他们的离去令我支离破碎，但你的存在让我振作和充实。"他说，"要知道，如果我是独自一人，我会招请死亡的力量并对它说：'我不怕你。'但我并不是孤身一人，如果生命只给予我们一个小时的炽热，我希望我们一起度过。"

5

几天后的一个晚上,春、智雄和圭佑在真如堂高地的船屋上相聚。智雄端上清酒,他们一边小口喝着酒,一边嚼着仙贝。他们都不言语,只能听到饼干的咔嚓声和酒杯放到桌上的声音。一个小时后,智雄起身,在唱片机上放了一张唱片。

"埃拉·菲茨杰拉德[1]和乔·帕斯[2],"他说,"这首歌是伊登·艾赫贝兹[3]写的。多年后,他22岁的儿子泰瑟姆溺水而亡。"

他们听着这首歌,春一边复述英文歌词,一边给圭佑翻译。

There was a boy

---

1 埃拉·菲茨杰拉德(Ella Fitzgerald,1917—1996),美国著名爵士乐歌手。

2 乔·帕斯(Joe Pass,1929—1994),美国著名爵士乐吉他手。

3 伊登·艾赫贝兹(eden ahbez,1908—1995),原名为乔治·亚历山大·阿伯利(George Alexander Aberle),美国作曲家、艺术家。

A very strange enchanted boy

They say he wandered very far, very far

Over land and sea

A little shy and sad of eye

But very wise was he

And then one day

A magic day he passed my way

And while we spoke of many things

Fools and kings

This he said to me

"The greatest thing you'll ever learn

Is just to love and be loved in return"

曾经有个男孩
一个奇怪又快乐的男孩
人们说他浪迹天下
走过万水千山
他脸庞羞涩，眼神忧伤
但心中有智慧的光
终于有一天
奇妙的日子里他走过我身旁
我们聊了很多很多

从蠢蛋到君王

他如此对我说：

"你终会明白

爱与被爱就是世间最美好的事。"

"啊！"圭佑说，"爱！你想什么呢？正是爱要了我们的命！"

但他感激地看着智雄。他们又喝了一杯，他说：

"春给了我他的沉默，你给了我这首歌。"

这一晚在黑暗与光明间逝去。随后的几个月里，圭佑创作了一系列精美的陶器和书法作品，春为此在京都和东京两地各举办了一次展览，大获成功。

"尽管你从我这儿拿走不少钱，但我还是变得富有了。"圭佑说，"你这个奸商，干得还真是不错。"

除了生意，春一如既往地过着他作为父亲的秘密生活。很快，罗丝九岁了。在长焦镜头拍摄的一些照片里，她在户外步行或骑自行车，俨然一个快乐雀跃、气喘吁吁的小探险家。一天早上，佐和子似乎打破了她给自己定的规矩，在其中一张照片前停住了脚步。那是一月，窗外下着雪，春正在办公室里边抽烟边读一份商业活动报告。一抬头，他看到佐和子杵在照片前。照片里的罗丝哈哈大笑，帽子歪戴着,怀里抱着什么东西——拍摄距离很远,看不清楚具体是什么。在小女孩身后的阳台上,隐约可见一个模糊的轮廓。

"一只小猫,"佐和子停顿了一下,又说,"还有一个影子。"

这最后几个字让春感到不安。但几个月过去了,倒也没有其他什么征兆。到了罗丝的十岁生日:十月二十日——私家侦探标注了日期——照片里的天气尤为晴朗而舒爽,她穿着外套,在花园里,站在点缀着蜡烛的蛋糕前。或许是出于疏忽,一张照片没有遵循既定的指示,拍到了莫德——她坐在罗丝右侧,消瘦而伛偻,微微笑着。春被这个笑容搅扰得一夜未眠。这个笑容打开了一个自己花了很多年才闭合的视角,仿佛在低声对他说:如果呢?犹如低吟着一段刺耳的小旋律——如果呢?如果呢?如果呢?这旋律一整天都萦绕在他的耳畔。他工作、跑仓库、打了几通电话,脑海里始终浮想联翩。下午五点钟,他深吸一口气,准备给在巴黎的梅林学打电话。然而,刚要去拿听筒,电话响了。是安次郎——中村龙曾经的左膀右臂,现在则是贝丝的得力干将。他只说了一句话:"您得来一趟一条。""现在吗?"春问。"现在。"对方回答。

春出了门，叫了一辆出租车，开往京都御所方向。当车子驶离阴沉的墙垣，拐进中村家住的一条通时，他看到远处有灯光在闪烁。安次郎在楼前等着他，面如死灰，春差点儿没认出他。身旁，警车和救护车相继开走了。"贝丝？"春问。"威廉。"安次郎说。春跟着他进到公寓里，与几位脸色阴沉、正要离去的警察擦身而过。整个顶层都是中村家，从客厅的窗口望出去，整个城市的南部一览无余。远处，可以看见火车站和蘑菇状的京都塔，左边是傍着东山的众多寺庙，右边是被灰暗天鹅绒般的暮色浸染的西山。贝丝坐在沙发上，抬头看向他，目光沉重，双眼被痛苦沁黑。她示意春坐在对面的另一张沙发上，安次郎低声说了句"我到书房去"，便离开了房间。

"跟我说说，"春说，"我还不知道发生了什么事。"

她做了个"等等"的手势。他等着。

"他想走。"她终于张口。

她笑了一下，笑声短促而骇人。

"走？"春问。

"他自杀了。"

春看着贝丝，和她身后闪烁着人造夜光的群山。一时间，他什么都感受不到。威廉的日本名字是什么呢？他刚想到这儿，悲伤和恐惧向他奔涌而来。

"你待在原地，"她说，"要是你靠近我，我会崩溃的。"

她把一只手放在额头上。

"人怎么能既爱着又盲目至此呢?"

她指了指面前的一张纸。

"'我走了',"她说,"他只写了一句:'我走了'。"

她痛苦地咽了一下口水。

"没有其他解释。我不知道自己能不能挺过去。我甚至不知道自己能不能哭。"

"你以后再哭,"春说,"现在有很多事情要做,相信我。"

"这也是我想要你做的。"她说,"你来料理这一切,我照料我自己。"

他把一切都打理了。在葬礼上,贝丝没有哭,平静地接受了吊唁。四十九天后,春陪她到墓地,将骨灰盒存放在中村家族的墓穴中。在中村龙和威廉的名字旁边,她早已刻下了自己的名字并将之涂成了红色。

"这种做法现在不多见了。"他说。

"我想过自杀,但如果我死了,谁还会记得威廉?所以我刻下这份随他而去的意愿。"

"痛苦如影随形,我们无法逃离。"他说,"但有时,在某些地方,在某些人身边,你会变成另一个能够再次呼吸的女人。"

贝丝看着他。春知道这话她听进去了,接着说:"我是从另一个了不起的女人那儿听来的。"

他在心里又补充了一下:一个异国女人。

6

第二天,贝丝一个人去了南禅寺。她在入口处付了钱,脱掉鞋子,换上寺里难看的人造革拖鞋,沿着幽暗的走廊走到了主花园。下了一整夜的雪,天空还是白蒙蒙的。唯美至极的景致让她心跳加速,覆雪的树木和屋顶在黑白相间中勾勒出别样的风貌。寄寓于这些纯粹的形态——平滑的白色沙子、光秃秃的树枝、铺满瓦片的斜顶——是倾诉着的恩泽与苦难、深爱与悲痛。她感觉自己的身体在分解,自己的灵魂到了一个地方——他处——自威廉死后她第一次可以呼吸的地方。许久过后,她跪在木地板上,号啕大哭。当她平复后重新站起,感到身体犹如被掏空的同时,痛苦又回来了,残忍不减分毫。"不过,只要我想,就可以再回到这儿来。"她这样想着,离开了。她打电话给春,讲了上午的事。春挂断电话后,仔细思考着贝丝对他说的话。

自罗丝十岁生日后,照片里的她与以往大相径庭。她不再微笑,也不再开怀大笑了。在她旁边的波勒神情忧虑。照片持续从法国寄来,上面的小女孩显得越发郁郁寡欢,似乎只有猫在她身边时,她才时而开心一点儿。从一九九〇年第一季度的照片中可以看出,那似乎是个悲伤的圣诞节,没有在白雪皑皑的花园里、手上捧着礼物那种喜气洋洋的照片。春看着这些照片,不禁想到威廉。他睡得很不好,总是噩梦缠绕,寝不安席。二月,他回老家高山市省亲。他父亲的病还是老样子,神智也没有比以往更差——这倒令医生们感到意外,因为他们此前预测病情会继续恶化。春每每问起家里生意的情况时,直哉总是回答:"还可以。"这个冬天也不例外,他中午前到的,与弟弟在铺子里闲聊了一会儿,然后就往家走了,在家里看到父母都挺开心。在父亲出去拾柴的时候,母亲还对他说:"他现在能放松下来了,这是好事。"中午他们吃了照烧鸡肉饭。饭后,春问起自己十岁时是什么样的。父亲起身,离开房间,拿着一张照片回来了。在这张三十年前的老照片中,春站在屋后的河岸上,上半身对着镜头。照片背景中可以看到湍流、冻结的松树和盖着"雪帽"的大石头。

"这照片是在你十岁生日那天早晨拍的。"他父亲笑着说,"你有了一辆自行车,想着要骑去高山市呢。"

忆起当时,父亲很高兴;不过春对彼时的记忆是模糊的,他凝视着泛黄的照片。

"我可以把这张照片带走吗?"他问,他母亲点点头。

在回高山市的路上，他对父亲的清醒感到惊讶。"他既在这里又在他处，"他心想，"他在两个世界之间航行，但除了谈谈十岁生日，我们其他的交流就很少了。"阳光明媚的山峰让他产生了一种如被驱赶的感觉，他登上了回京都的火车。到家很晚了，他洗了个澡，躺下睡去。在躁动的梦境中，温情和失败的感觉交错。他醒来的那一刻，眼前出现了一只狐狸，在晶莹光亮的冰面上一动不动。随后，一切化为乌有。他去了枫厅，穿着奶油色和服的佐和子正从厨房出来，给他端上茶。不言不语，他把照片递给她看。

"火山男孩，"她看了看照片，说，"一样的眼神。"

说罗丝——即便有一头红发和法国面庞——和他神似，这话并没有安慰到他。如果说给予就是理解，那么他既什么都没理解，也什么都无法给予。而且，他也无法对任何人讲述罗丝和她的转变。佐和子虽是他在女性之道上的判官和向导，却不是他的密友。他们俩彼此理解但又并非意气相投，两人的古怪之处相去甚远，所以无法畅所欲言。他也不可能向智雄或圭佑倾诉，虽然他也从没真正想过缘由。威廉的离世也显然只能让他对贝丝保持沉默。春依旧定期见她，只是他们不再共枕同眠。这场悲剧令他们在肉体上疏远了，他们的友情——看似完好如初——却为他生活的其他方面蒙上了阴沉的色彩，仿佛他体内的某种东西发生了微小的变化，不易察觉但的的确确扰乱了他的日子。这段时间里，一个日本女人惠美成了他的情人，她随做外交官的丈夫在国外待了十年。和她在一起，春开启了一种新的做爱方式——亢奋而炽烈，他从未有过的体验。除了莫德那冷淡和阴郁的被动，性对春来说一直是一项有趣而轻松的游戏。他喜欢引诱和满足对方，并从中体验到一种跟清酒之夜一样安乐的奇妙感。他的一些情妇也会成为他的朋友，他们之间可以自由自在地交谈；而这份自在是这些女性朋友与她们的丈夫或朋友之间所没有的。但即便如此，他也能在性生活中保持即时的轻松和魅力。惠美则完全不同，她如饥似渴般地走进了他的生活和卧室，没有给打情骂俏留出空当。惠美想要他，把他拖入激情的旋涡中；春说不清究竟是她欲望的旺盛还是自己精神的沉溺得以让她保持漂浮，但他感到诅咒的循环为自己以前刻意疏远之事赋予了可能性。一天晚上，在大浴盆里，惠美面对着他——赤身裸体，投怀送抱，激情四射——让他产生了灼热的冲动，想要跟她讲述罗丝的事。夏天的蝉如警笛一般地尖声鸣叫，惠美看着他，眼神中混合着欲望和怜爱——近乎爱。他被诱惑了——可被什么诱惑了呢？他也不知道，他也被自己准备做这件事的想法给吓住了。惠美察觉到他的犹豫，凑近了些。春盯着她的薄唇，欲望喷薄而发，在水中进入了她的身体，紧紧地抱着她，渴望与她的全身贴合——在这极力的拥抱里春终于筋疲力尽。晚些时候，在卧室里，他们点了一根烟，她背靠墙板坐着，双腿交叉在身前。

"跟我说说。"她说。

春做不到。接下来的一周，他们在一个正式的招待会上又碰面了。春和圭佑同行而来，惠美则是和她丈夫一起。招待会在大仓酒店的宴客厅举办，春在席间忙着递名片和维护他的社交圈子。一个小时后，微醺的圭佑躲到一把扶手椅上，低声打起鼾来。一时间，他睁开眼睛，看到面前的惠美正盯着春。几天后，他俩来到三条一家新开的炸猪排餐厅，坐在带篷的外廊里吃午饭。

"那个女人怎么样？"圭佑问他。

"你说什么呢？"春明知故问。

"我在说爱的可能性，如果你愿意接受的话。"

春没有接话。吃完了搭配柚子酱的卷心菜和猪肉，他们走过了三十米的商场长廊。再往前就是三条通，混凝土建筑和发光的霓虹灯牌一直延伸到绿树成荫的东山山坡。在炎炎夏日的光晕下，城市的丑陋越发凸显；山峦密致层叠，透不过阳光，暗沉沉的。树林也没精打采，快快地任凭现代城市的霓虹割裂。他们默默地看了一会儿这个新旧日本的混合体，便互相道别了。春沿着河走回家，和很多人擦肩而过：跑步者、步行者、骑行者和推婴儿车的母亲。岸边的野草，在夏日的炙烤下，向水边伏倒着；河水淙淙流淌，淡漠而清澈。他回到家，脱了鞋，洗了澡，然后清清爽爽地坐到枫树旁的茶几前，这是佐和子放信件的地方。小托盘上只放着一封信，贴着一张法国邮票；信封上的名字和地址是用罗马字母写的，字体纤细而陌生。

7

信封里附有一张罗丝在花园里的照片。背景中,夏日里白色的丁香花遮着一堵干燥的石墙。右侧可以瞥见维埃纳河谷。小女孩穿着一件绿色的连衣裙,皱着鼻子大笑着。春把照片翻过去,只看到了黑色墨水写的一个词"波勒"。他的心怦怦直跳,在随后的一小时里,他设想了一切可能性:波勒怎么会有他的地址?他曾在寄给莫德的信的背面写过自己的地址。波勒知道他在关注罗丝吗?也有可能这封信只是一个漂流瓶般的尝试。她想要什么?春反复查看着照片,没有任何头绪,只感到胸口很紧,直到佐和子和打扫卫生的年轻女工芽衣一同出现,她们跟春说了几句话后便去厨房了。春的目光又停留在照片上,他明白了:这是罗丝性情转变前的最后一张照片。罗丝那时还很开心,而此后的照片里她是悲伤而封闭的,被痛苦笼罩。波勒给他寄来的是已逝的幸福印迹——她的幸福、她外孙女的幸福,或许她觉得——也包括春的幸福。春去了书房,向他的大山发问。他感到自己被诅咒钳住了。他想写信给波勒,又怕莫德会发现。盛夏的大雨溽热而猛烈地落下，拍打着京都，他再次意识到自己生活的谜题无法改变。不过，想到在世界的另一端，这个温婉典雅的女性知道他的存在，还知道他的名字，他心有戚戚，深感慰藉。一周周、一月月、一年年无可奈何时光流逝，波勒的这封信始终抚慰又牵动着他的心。他的事业蒸蒸日上，女伴接连不断；罗丝大了，郁郁寡欢；莫德也日渐消瘦。他看着女儿到城里上了初中和高中，身边总有一群微笑的同学——但真正的威胁是看不见的，他想，他们也是保护不了她的。

一九九五年一月十七日，他正在东京的公寓里睡觉，六点半，电话响了。他听到佐和子说："京都安好，但我丈夫茂一直没有他母亲的消息，电话打不通了。"春想起她婆家住在神户，便问："什么强度？""还没公布，"她回答说，"但很严重。"他起身打开电视。主持人说，六级地震，里氏震级七级以上，糟糕的是地震发生在淡路岛的浅水区，海浪翻天。首批电视画面里呈现了坍塌损毁的建筑物、道路、大阪和神户之间的阪神高速路上的高架桥，还有吞噬着该地区的重重大火。跟所有看着同样画面的国人一样，想到即便从地震中幸存的人也会被烧焦而亡，春感到几乎无法呼吸。前一天，他本该与神户的一位客户共进晚餐，然后在当地酒店睡一觉，再乘坐早班新干线到东京。

然而客户在最后一刻取消了会面,因为他原本打算从春手里买个屏风放在房间里,不巧那个房间闹了水灾。"榻榻米都变成海绵了,"他在电话里笑着说,"你现在卖海星给我更合适。"两周后春终于又联系上了他,对方说:"我们还活着,但家没了。你知道地震后谁给了我们被褥、水和方便面吗?不是中央、不是市政府,也不是地方行政部门——他们花了一周时间才协调好;同样也不是外国力量——他们的援助提议都被我们的总理礼貌回绝了。给予我们在寒冷中赖以生存的必需品的人是日本民众和山口组。"

春向震区灾民捐了一大笔钱,并给在那儿与他相识的人寄了些物资。但对他而言,心理创伤并不在此。在客户取消约见后,他那日下午便动身前往东京,在公寓附近的一家拉面馆里独自吃晚餐。他在内心与罗丝进行了一次对话,佐以冰镇啤酒,别有一番滋味。几天后,当他看到自己本要入住的神户旅馆被毁坏的画面时,春觉得阪神大地震在他的生命中撕开了一个新的缺口。他本以为自己是不怕死的,现在知道并非如此。想到若他在罗丝还不认识自己之前就消逝于世,这足以令他陷入颓丧。他这个未被承认的父亲,成了一个将死之人,这令他感到生活越发幽暗了。

一九九七年六月,罗丝在高考中取得了优异的成绩。春去三条的明治屋买了一瓶香槟,当晚与圭佑开瓶共饮。

"真难喝,"陶匠喝了第一口后说,"什么事值得我们咽下这玩意儿?又是一个风景中的法国女人吗?"

春没有回答,俩人又转为喝清酒了。罗丝去巴黎上大学了,春得知她选择了植物学专业。她住在她母亲在巴黎的旧公寓里,距离蒙帕尔纳斯火车站步行只需十分钟,从这儿坐车便能回图赖讷。镜头捕捉到在前所未有的各种情景下出现的她,春盯着照片能看上几个小时。她有朋友,也有追求者;她出门玩,也参加派对,但就是很少微笑。一张照片拍下了某一天在咖啡馆露天座位上的她,面前摊开一本书;还有一张照片是她独自走在卢森堡公园的小径上。两张照片都流露出甚为悲伤的气息,让春对巴黎心生厌恶,厌恶它傲慢的建筑、对称的花园、镀金和铸铁的装饰风貌。倘若罗丝在那儿是幸福的模样,他会爱上这座城吗?他对此非常怀疑,他不喜欢它的建筑,认为它散发出权力和高傲的气息。他在女儿身上觉察一种与细沙和苔藓相适的气息,却被困在这不相宜的环境中。他感到她的身体里跳动着一颗日本心,但她周遭的一切都不允许她听见这声音。他看到她负载着她母亲的痛苦和她血脉的压力,她郁郁寡欢,但不曾示弱于苦难;她自我封闭,却与众不同;活力不足,也生活健全。他不知道莫德和自己谁能最终胜出。十余年光景貌似平稳地如浮云飘过——生意、女人、聚会、来自法国的报告和照片都一如既往。直到一九九九年的某一个早上,一位名叫保罗·德尔沃的年轻人来到了京都。

他处

I

春与他相识于一个住在城北的客户家里。客户的宅子紧邻贺茂神社,倚着北面的山峦,春很喜欢这一带的自然风光。他信步闲逛,等待着约定的时刻。在苍白的冬日薄雾中——这天是一月十八日——鸟居宛如一道单由橙色组成的彩虹。附近,保留着原生风貌的"纠之森"彰显着此地的原始和神圣。他看到树林边有两只鹿,感觉就要下雪了。在他按响原田女士家门铃的那一刻,第一片雪花飘落而至。一位年轻的女子前来开门,把他领进了正厅:老太太和一个西方面孔的小伙子坐在窗口的茶几旁,窗外便是内庭花园。春第一眼见到的保罗,置身于一片竹子和蕨草的背景中,其间点缀着春见过的最漂亮的石灯笼之一。这座石灯笼与其他同类型的石灯笼在形态上并无不同,都是水萤石灯笼,但在他看来,这一座有着完美的比例。这所宅子也是如此,古朴而高贵:宽阔的走廊、木质的装潢、饰以雅致花瓶的壁龛,以及精美绝伦的书法作品。原田女士很少出门,但似乎世界欣然造访于这个身形瘦小、总是面带微笑、十分富有的女人。她热爱茶和艺术,是春无须费心推销的客户之一。和她谈生意,春总会来此小坐片刻。每每她下单,春也总会让利于她。这是为了伟大的艺术事业,而非为了生意——其商人的自傲在这水萤石灯笼的臻美中消释了。

礼貌性问候之后,原田女士为二人引荐。年轻人名叫保罗·德尔沃——她发音吃力,他便自己拼读了一下——此人来自比利时,会说日语,还答应做她的法语老师。"法语老师?"春惊讶地问。"一个很早就有的梦想,"老太太说,"我没有那么长的时间来实现梦想了,是吗?"年轻女子为他们端上抹茶和山茶花形状的练切果子,随后,春将一件用粉色丝绸包裹的物品放在原田女士面前。

"啊,"她说,"我想这是出自我们的朋友柴田先生的手笔,对不对?"

他们静静地喝着茶,欣赏着飘落在小花园里的雪花,春注意到这个西方小伙子懂得保持沉默。原田女士叫人撤去茶具时,春向他询问来京都的缘由。年轻人用流利的日语予以作答,不急不躁,彬彬有礼。他和他的妻子曾在布鲁塞尔学习日语,并获得了本地最负盛名的大学京都大学的奖学金。他补充道,他们正沉浸在梦想的生活中。原田女士接过他的话:"是的,就是这样,一定要有梦想——而且,"她又说,"生活本身或许也不过是长梦一场。"房间里又静了下来,她解开了粉色的风吕敷,拿出一个浅色的木盒,木盒上系着一条扁平的橙色布带。她解开带子,从盒子里取出一个白色的花瓶。以春对她的了解,他看得出她很满意。她告诉保罗,这是为她在这所房子里定居五十周年准备的:一位来自贺茂神社的祭司将诵经祈福,她会奉茶,还想在良宽禅师一首诗歌的书法作品下方摆放一个花瓶。"但我想要一个现代的作品,"她补充着,"并不能因为人老了,就放弃新颖的事物。"她深沉地笑了笑。盯着花瓶看了一会儿,她说:"它的存在很强烈。"春低头鞠了一躬。抬头时,目光落在保罗身上,在他身上看出了一种特殊的品质——专注而忘我,这是一个人在重大际遇中才会显现出的特征,让人觉得其得体的外表下很不简单。这种自持和流溢的结合让春很是喜欢。

"您对艺术感兴趣吗?"春问。

"我只对艺术感兴趣。"他回答道。

"或许是受家庭的影响?"

"我家里人都是在布鲁塞尔做一些小生意,加之是新教徒,所以他们对事物没什么品味。"他笑着说,"桌上无非是古板的大汤锅和廉价的酒。"

他们随便聊了聊,春夸他日语说得很棒。

"这倒不是靠我自己。在布鲁塞尔,我最好的朋友是一个东京人。当我开始学习日语,他就再也不跟我讲法语了。

不过，我太太的日语说得比我还好。"

他转向花园，竹子和蕨草上都装点着刚落的雪。

"我来这里是为了能常接触到某种形式的艺术和文化，而您方才已将其凝练的结合放在了这张桌上。"

他看着那个花瓶。

"作者是哪位？"

"圭佑，一位京都的陶艺家，"春回答道，"也是我的朋友。"

"透过一个鲜活之人的棱镜，折射出一个文明的全部遗产。"保罗喃喃地说。

春告辞，在雪中离去，到家时心情格外轻松。佐和子给他把茶端进书房时，他对她说："我今天遇到了一个有意思的人，"他进一步解释道，"是一个来自比利时的年轻人"。

"来自比利时？"佐和子惊讶地重复了一遍。"是在哪里见到他的？"

"在原田夫人家。"他回答道。

她看起来松了一口气。

"那再好不过了。"她说，暗指着森林的净化能量，又或许是神社有抵御世间邪恶的力量。

这是准许我和比利时人来往了，春想。随后，他专心工作，不再去想保罗了。将近四点时，他出门去贝丝家附近的一家茶室见她。当他迈进茶室大门时，刚好碰到了那个比利时人正要离开。他身旁有一名年轻女子，裹着一件橙色大衣，身材娇小，棕色头发；而他则是身形高大，一头金发。保罗向春介绍了妻子克拉拉。她操着一口标准的日语，表达既流利又准确，给他留下了深刻的印象。

"您钟爱艺术，那么，"他对保罗说，"不妨后天来我家参加我的生日派对吧。一些艺术家朋友也会在，那个陶艺家也要来的——就是您今早看见的那个花瓶的作者。"

见他面露惊讶，春又补充道：

"我知道，如此轻易就邀请别人到家里做客并不常见。但我有点儿特立独行，您以后也会有所耳闻。"

晚些时候，他愉快地想起了那个年轻的比利时女人——是因为橙色的外套，还是因为她讲法语，又或是源于她微笑中的一丝俏皮？春想着她，也想着罗丝，某种迷人的气息弥漫开来。午夜时分，他出门去市中心的一家酒吧与圭佑会合，发现他身边有几位常客，雅克也在，春很高兴地和他打了招呼，还问起他儿子。"爱德华在上海，"雅克回答说，"他和中国人谈判进展得很顺利，这对我来说是少了一项苦差事。"春觉得他脸色不大好，聊了一会儿彼此的近况之后，雅克对他说了些话，不过在嘈杂的环境中，他并没有听得很清楚，但依他所见，他听懂了。进了新的客人，椅子被重新安排，雅克开始与智雄交谈，而圭佑倒在了春身边。春告诉他，原田女士很喜欢那个花瓶，他觉得她肯定会买下来，陶匠哈哈大笑。

"就为了配上一首蹩脚诗的漂亮字儿。"他说。

漫天飞舞的小雪花掠过鸭川。春走在回家的路上，又想起了良宽禅师的诗句，想起了克拉拉·德尔沃，想起了罗丝，也想起了原田家的花园，感到一阵神清气爽。他洗了个澡，读了一会儿书，然后安稳地入眠了。

花园静谧处，
山茶洁白时。

2

在春的生日当天,他叫人送来了白色的山茶花,佐和子以不亚于运动员一般的专注力,把山茶花插在一个深色的大花瓶里。晚上七点钟,圭佑带着一群人率先到场,随后的一整晚,客人们陆陆续续加入。贝丝走进来时,圭佑毕恭毕敬地迎接了她。

"铁娘子,"他说,"这一周里,你的帝国剥削了多少可怜虫?"

"至少呢,我不会在你的杰作上方挂些漂亮的小诗。"她说。

"你这家伙真是个叛徒。"圭佑对春说。

随即,德尔沃夫妇也到了。克拉拉给春的印象和前天一样清爽。她身穿一条淡粉色的连衣裙,简约而优雅,让他想起了罗丝和纠之森的小鹿。在他身边,高大、金发、矜持的保罗面带微笑。春把他们介绍给一些客人,晚宴持续进行着。一些音乐家朋友演奏着筝和"三味线";佐和子叫人端上法式小点心,圭佑狐疑地闻了又闻。"不过,这是日本厨师做的，"贝丝告诉他，"什么时候，你也应该走出你的小岛——""整个世界就是一个岛。"他一边反驳着，一边吞下照烧鹅肝吐司小方。枫树在玻璃天井中被雪压弯了枝条，春在人群之间穿梭，但他意识到自己的目光总要不时地落在克拉拉和保罗身上。"我喜欢他们在这儿。"他这样想，同时打量着这个正和智雄谈笑风生的年轻女子。十点左右，醉意正盛的圭佑唱起了一首传统的新年歌曲，把原本诗意的歌词改得轻浮戏谑。春看到保罗笑着喝了很多酒却并无醉态。

十一点钟，雅克在鸭川畔按响了门铃，正要离开的佐和子为他开了门，一只手放在胸口上。"您已经不再让我感到惊诧了，"雅克用法语告诉她，"我现在知道了，您是一个可靠的同道中人。"佐和子走了。春看到雅克便走过去，他们俩单独待在大厅的一个角落里，用英语交谈起来。

"前天，在酒吧里，许是听不清楚，"雅克说道，"所以我来是想在安静的氛围里再跟您说一下：这大概是我最后一次来京都了。"

"我不惊讶，"春说，"我看出了您的疲惫。"

"要只是疲惫也还好。"雅克说，"无论如何，我想见您是为了告诉您一件您已然知道的事情，但在死亡的大门前，人会有些出乎意料的多情，我不知道为什么它让我变得如此唠叨，我以前最讨厌这种多愁善感。"

"您热爱艺术，也爱您的儿子，"春说，"这都不是多愁善感。"

"我甚至都不知道我爱什么，"雅克说，"不过从此又有谁在意呢？不管怎样，我来就是想跟您说，我的人生只有过一个小时的炽热，我得此体验，全亏了您。"

"在真如堂。"春说。

"是真如堂，"雅克说，"'长空深处，花园黯然'。一个地方竟然拥有这般力量，我在那里有过一种深刻的喜悦，一种完全自洽的喜悦。而且，您知道最美好的部分是什么吗？我一直认为自己是一个不知满足的人，终将抱憾而死。然而，当我要告别人世之时，我惊奇地发现：那一刻，我已活过。"

他把杯中酒一饮而尽。

"您要明白，那个时刻于我而言，不是一个仅供欣喜重温的记忆，也不是什么会帮我度过余生的追念。它已成为我的肉、我的骨、我的血，那个时刻完全与我融为了一体，我——就是那短暂而强烈的炽热。"

他看起来有些局促。

"我知道这听起来很荒唐。"

"完全不，"春说，"当那一天到来时，这正是我所期冀的。"

雅克用食指敲了敲桌子。

"在我跟您永别前,我有一个请求。"

"乐意效劳。"春说。

"我希望您帮一帮爱德华。见见他,给他提提建议,跟着您这样的人,他有太多东西可学。他不太稳重,但还算有些才干,您以后会了解到。"

"当然,"春说,"放心吧。"

雅克靠在沙发背上,像是经历了漫长的一天之后终能放松下来的人那样。时间并不重要,春想,留下来的只有那些值得铭记的瞬间,其他一切都烟消云散;而我们则在这儿,等待凝视白雾中显露的生命支柱。

"您还留着我那个小雕塑吗?"雅克问道。他指的是二十年前他因里尔克的诗句而向春致谢,送给了他一座远古女神造型的摆件。

"当然,"春说,"是卢浮宫藏品的复制品,对吧?"

"原件是在上加龙省的莱斯皮格发现的,有两万多年的历史,"雅克说,"和你们的某些陶俑类似。我知道您对西方艺术不是很感兴趣,但这些作品是艺术的源头,没有国籍,不属于任何领土。之后一切分化开来,每个人都乐于在其中辨认自己的部分。但显而易见的事实是,一切都源于同一个原始母体,出于一种将材料塑成形态的普世追求——这一点始终让我感动。"

他苦笑了一声，说："与您不同，我对自己的文化没什么兴趣，而完全钟爱于日本的文化。"

"我缺乏想象力和胆识，"春回答说，"我很钦佩您能够欣赏于自己并不熟悉的东西。"

这个法国人融入了其他宾客，喝了很多酒，随大家笑着，将一朵山茶花插在了自己的纽扣孔里，午夜一过就挥手告辞了，好像他隔天又会回来一般。春目送着他，随后目光落在了保罗身上，突然间对自己说：我虽是日本人，但我寻求异域的东西——又或者正相反，我抽离自己，是为了不断地回归，这注定了我要无休止地循环往复。他走向正靠在枫厅玻璃上闲聊的年轻人和圭佑，在他们身边坐了下来。

"比利时人没有我想的那么蠢呢，"陶匠指着保罗说，"他会说话，能喝酒，看得也通透，关键他才二十二岁。"

山茶花的洁白与悲伤和柔风交织在一起，扑面而来。

"你们在聊什么？"他问保罗。

"聊他的花瓶，"年轻人回答，"我以前不知道现代和古老可以并存。只有见到了真正的作品，才能真正明白。"

圭佑喃喃自语，头歪向一边，打起了呼噜。

"您就是我想成为的人。"保罗告诉春。

他说得很平静，全然没有激昂的情绪，然而春已经有了决定。

"那就来为我工作吧。"他说。

3

两个月后,春收到了爱德华的来信。"我父亲死了,"信里写着,"但就在他合眼之前,他让我向您转达一件事,我将原话写在这里:'我理解狐狸。'"那个平安时代的故事再次浮现,让春时常沉思,尽管此时他的生活里由于保罗和克拉拉的出现而有了新的转变。其实,在他的职业生涯中,每当他将真诚和算计结合起来的时候,结果总是喜人的。他很喜欢保罗——比利时人、新教徒、说日语、热爱艺术、会喝酒,还懂得谨言慎行,春应该能把他培养成一名商人;更重要的是,保罗还年轻。春预感他是个踏实能干的人——从各方面来看,自己下的这个赌注似乎是合理的。

"那么,我得会做什么?"保罗在生日宴那晚问他。

"三件事儿,"春回答道。"培养沉默;万事不急——"

他收住了话。保罗等了等,微微一笑。

"还有就是要准时吧。"

春到哪都带着他,跟人介绍说他是自己的助手。每当别人不经意地问他为什么选择了一个比利时人的时候,他总是笑着说：

"那是一个小国。"对方会点点头——虽然未必理解，但春可以看出他的回答让人信服。如果他感觉到些许阻力，他会再补上一句："欧洲的一个小岛"，随即就会得到认同。事实上，就在他觉得为了生意长久发展必须自我创新的时候，比利时为之增添了一抹异域情调。保罗说得慢，学得快，对商贸这门艺术产生了明显的兴趣。他只是旁观，从不干预，学会了适时地微笑、鞠躬和低头。在起初的惊讶之后，日本人都欣赏起他的审慎，并发觉他们一开始认定的失洽之处实则十分别致。一个西方人如此沉默寡言且不谈论自己——这个反常的性格有效地瓦解了初遇时潜生的负面印象。而保罗则继续秉持安静的个性和饮酒的分寸。

不过，当他和春独处——在仓库或是在鸭川畔的宅子里，他们都会交谈。他们谈作品、客户、金额和市场，然后再聊与这些完全不相干的事情，聊艺术、聊生活，甚至聊他们自己，自然得令人惊讶。这样的谈话于春并不陌生，他早已与圭佑和智雄一起修习过，但保罗为他打开了一扇新世界之窗，让他很放松。他们交流的形式既非窃窃私语又无长篇独白，就是自由自在地聊天，这些时刻对他们彼此而言都是对方给予的一份礼物，同时也惠及了自己。此外，他们也都明白，这之所以成为可能，是因为他们的国籍有别，这种陌生感抹平了他们在年龄和工作上的等级关系。

在工作中，他们恰当地选用代词，并不会让别人感觉到两人私下里已经是熟识到能以"你"相称的关系了。一九九九年十月二十日，罗丝二十岁生日的当天，春带保罗进到了他的书房。年轻人第一眼看到了山水美景，继而转身，发现了木板上的照片。他走上前，静静地审视着照片；春点了一支烟，摆上了清酒。保罗走到他面前坐下，两人对饮，一语不发。

"是你女儿。"保罗终于张口。

"她今天二十岁了。"春说。

"没人知道她的存在吗？"保罗问道。

"只有佐和子。"

"没别人了？"

"没。"

他将一切和盘托出——莫德、无法相认的事实、侦探、摄影师、波勒、转变、猫和影子；讲述了与那个法国女人在一起的十天，讲述了埃马努埃莱和她的遗言，还讲述了身为父亲的骄傲与苦痛、煎熬和希望，以及威廉自杀和阪神大地震后他内心的恐惧。

"我现在更能理解贝丝的强势了。"保罗说。

春感到精疲力竭，然而一种莫名的愉悦油然而生。

"我等了很多年了，"他说，"你能扛下这个重担吗？"

"重担？"保罗重复了一遍。

春笑了。

"这是一份礼物。"他说。

幸福的时代就这样开始了。春没能与埃马努埃莱实现的事情，在一个男人身上成为可能，因为保罗也一样——在克拉拉身后——受女性之道所引导。每见一次面，春都越发地喜欢这个年轻的比利时女子：性情明媚，细腻却也单纯，风趣幽默，又有一丝古灵精怪。她带保罗过着轻松而明丽的日子，注重精神生活，务实地处理日常；在春看来，更可贵的一点是，她照料着一切，但并无控制之心。在坦言了罗丝之事后不久，他又跟保罗说："你可以和克拉拉说。"保罗回答，他人的秘密是他对妻子仅有的秘密。他还笑着补充说："不过，她说我是她认识的最神秘莫测的人。"他确实是如此。他虽不掩饰任何事情，却被一种浓厚的复杂性所裹持，向他自己、也向他人遮掩了部分内在。他不仅谈及他的家庭令他窒息，他的日语学习是为了追克拉拉，初到日本他立刻有了归属感，而且也谈了他的喜好、他的思考和他的疑惑。此后的每个季度里，他们都一同阅览从法国寄来的报告和照片，保罗常给春提出一些他未提及的角度，在佐和子的直觉以及她的神灵妖怪之外，如一缕西方之光，在莫德的抑郁和山狐的语言之间搭起了桥。

在他们相识近两年后，春带他去了高山市。那是在十月份，罗丝很快要满二十一岁了。天气晴朗，汽车穿梭在泛红的山坡和洁白的雪峰之间。春的父母和弟弟外出参加一场葬礼，河边的老宅空无一人。在湍流中间，那块覆着秋日苔藓的大石头似乎将奔涌的河水一分为二。春告诉保罗，他是从小看着雪花在这块石头上飘落和融化长大的，岩石、树木、瀑布和冰川都共同塑造了他的志趣。他们凝视着旋流，保罗在岸边跪下来，用手掌触摸着散落着深红色枫叶的土地。

"形即表层之美，"他站起来，"这或许就是我如此喜欢这里的原因，日本将我从内心的深渊拯救了出来。"

在回程的火车上，保罗睡着，春回味着他的话，同时另一些出乎意料的想法也涌上心头："唉，地震发生在浅水区，海浪无从缓弱。"然而就是这样，他自忖道，这就是日本的灵魂，我们的土地和我们的命运注定我们只能停留在表层，与我们的内心深处隔绝，使我们直面灾祸和劫难。然后，一旦疮痍遍布，我们将噩梦化作美好，眺望黯然的天际。那一刻，他想起了父亲，心想：无论是在健康还是患病的状况下，我们都从未亲近过，我们一直停留在此；而在我的生命中，一切都已被这无底的深渊雕琢。

4

保罗从不置喙春的决定。无论是工作还是罗丝的事,他都侧耳倾听,有时听完会问一个问题。从商人的角度而言,他已对一切了如指掌——举止、风范、面临的障碍和应对的技巧,可谓出类拔萃。一天晚上,当他们与智雄和圭佑聚在一家酒吧,陶匠看看他又看看春,说:

"如出一辙。"

见小伙子疑惑地挑了挑眉毛,圭佑又补充道:

"你也是个混蛋,只不过更显斯文、没那么粗野;而且你是比利时人,让人不太看得透。你要是个法国人,那就会容易些,毕竟法国人很容易猜。但是,你也会像榨柠檬一样榨干艺术,然后再把它扔进你落空的野心沟壑里。"

"什么野心?"保罗问。

"我管你什么野心呢,"圭佑说,"但幸运的是,你老婆救了你。"

"那我呢,"春说,"是什么救了我?"

"有是有,"圭佑说,"但你在瞒着我。"

当他们俩独处时,保罗问春,为什么他从不跟陶匠讲罗丝的事。

"他失去了两个孩子,"春回答,"我怎好跟他说我是个失败的父亲呢?"

"可他是朋友。"

"我们和每个朋友之间的关系都不尽相同,"春说,"不要让我解释,解释是一种西洋病。"

他们在真如堂高地庆祝千禧年的到来,整个京都仿佛都聚集于此,连不喜欢庆祝活动的贝丝也来了。当晚,智雄向他们介绍了彰,一位与他同龄的六十多岁的前舞踏舞者,刚搬进船屋住下来。功男去世已有十五载,圭佑关切地抓了抓老朋友的肩膀。彰曾经是一位出色的舞者,现在外表看上去就是一个和蔼可亲的小老头儿,但当他站起来模仿歌舞伎时,所有人都感受到了他身上散发着长期惯于探索幽暗的力量。模仿本身很搞笑,春享受般地看着克拉拉和保罗笑得合不拢嘴。接下来还有其他娱乐节目——钢琴演奏、传统歌曲和香艳小调。到了午夜时分,一位尺八演奏者让伤感的音符在宾客之间跃动,将船屋独具的二重性——轻松与庄重融洽地调和。交情一般的宾客陆续离去,夜色浸染在清酒和友谊的薄雾中。春倚着隔板而坐,任由思绪飘浮。他们聊天、喝酒,为克拉拉和保罗在贺茂神社附近买了小房子而干杯。"所以，你们定居下来，一直跟我们在一起了吧？"贝丝问。"保罗为春工作，我在大学里教法语，这已经超越了我们的梦想。"克拉拉答道，又接着说："从这儿看比利时，它比以往任何时候都更加沉闷无趣。""不过，这是一个小国。"保罗说。大家都明白这是春曾用的话术，一齐开怀大笑。凌晨四点，贝丝和克拉拉走了，彰去睡觉了，只剩下保罗、智雄、圭佑和春还在喝酒。最后的四人组，春心想，一切终将归结于这趋避黑暗的四角矩阵之中。其他人都在榻榻米垫子上睡着后，保罗陪他走回了鸭川畔的家。在家里，他们接着边喝边聊，直到年轻人起身走到木板前，端详着最新的几张由法国越洋而来的照片。罗丝已成为一名农业工程师，在巴黎从事植物地理学方面的研究。多年来，她始终保持着自己的个性，尖锐而冷峻，阴郁且易怒。她有过许多情人，但都被她接连甩开。春觉得她美丽而古怪，固执又绝望；不过，春也看出她心中的愤怒正逐渐被冷漠取代。破晓时分，他向保罗倾诉了心声，保罗陷入了沉思。"悲伤在蔓延。"他最终张口说道。夜色褪去，枫树微微摇曳，尺八的余声袅袅缭绕，他仿佛被无形的丝绸轻柔又郑重地包裹了起来。保罗离开时，春看向河流，细小的雪花在河面飞舞。在他的生命中，一切于他似乎是静止的，四季更迭往复，京都变着却也没变，如流水般历久弥新；德尔沃夫妇打破了诅咒的循环，但似乎没有什么人或事能打破禁戒之环。他正要去洗澡时，佐和子突然出现，穿着印有雪山图案的和服，面容一反常态地生气勃勃。她把一个盛有新鲜麻糍的小托盘放在枫树旁的茶几上，泡了壶茶，然后坐到春的对面。

"她的名字叫空，"她说，"二〇〇〇年一月一日的第一分钟出生的。"

"你当祖母了啊，"春向她道喜，"真为你感到高兴。"

他们默默地喝着茶，秉持着二十年来的默契。一个新生儿在新年诞生——还能有比这更好的征兆吗？春这样想着。突然间，他想到自己的女儿可能某一天也会有孩子——只觉一阵眩晕，全然忘了佐和子在侧。"你刚说什么？"他回过神儿来，意识到她刚才在跟他说话。

"您不想找个司机吗？"她问。

"司机？"他没明白，重复了一遍。

"是的，司机。"她也重复道。春明白任何抵拒都是徒劳的。

第二天，她给春介绍了一个经她把关的司机。菅藤正，大家都叫他菅藤，是她三姐老来得子生的儿子，被认为有些轻微弱智（不过保罗后来说"他可能只是有点儿自闭倾向"），但他精通计算机，之前在东京就宅家工作，按他自己的节奏，接到什么任务就完成什么任务。佐和子在"百万遍"附近为他找了一间带车库的小公寓，距离鸭川畔的宅子五分钟路程，接到春的电话就能即刻过去，出行结束后他再回家继续计算机方面的工作。事实上，春觉得不用再打出租车这个主意也不错，毕竟可以摆脱出租车里过高的温度、老生常谈的话题，以及便当的味道。后来的事实证明菅藤车开得很好，知道什么时候说话、什么时候沉默，而且总是对命运很知足。他很喜欢这个没有固定时间的工作："不然我会整天在家吃便利店的垃圾食品。"更重要的是，他喜欢京都。春陆陆续续地带他去了寺庙、花园、咖啡馆，有时还带他去餐馆。一天，春问他喜欢银阁寺里的什么，菅藤答："池塘。""为什么？"春问。"因为它们精准。"菅藤回答。圭佑在车里笑着说："这正是我上一张墨画中所缺少的。"春走了神，感到有什么事情已发生了变化。他突然明白了——家族血脉不仅从祖先的过去延续而来，也会向未来延续下去——这顿悟改变了时间。他看着菅藤，听佐和子跟他谈起她的孙女，心想：我正游弋在一股无形的恒流中，我女儿也在其中，每一个都占据着一个精准的位置，希望改变是徒劳的。

5

　　每年，另一个家族的末裔爱德华·梅朗都会在晚春和晚秋前来长住一段时间。他日语讲得很流利，还说他一年中其他光景都是为了其在京都的时光。一天，他在春家，贝丝也在场，他解释说自己在中国的时日如同地狱，只有京都才值得。春看到她正在端详着他。稍后，这位法国人说，九年前，他的父亲曾要求在他的棺材里放入白色的山茶花。"我不知道我为什么没早点儿跟您说，"他对春说，"我一直纠结于将关于狐狸那些话传达给您。"稍许沉默，他接着说："后来，我又害怕再跟您提起它。"作为回应，春给他讲了狐狸和平安时代女子的故事。"这是个有力量感的故事，但我不明白为什么，"春想起了埃马努埃莱，补充说，"最懂这个故事的朋友也过世了。"爱德华离开后，春感觉有什么东西在某个地方发生了异变。他不再多想，与智雄、彰和保罗一起去一家新开业的烧鸟屋"狐"吃晚饭，距船屋只一步之遥。季风来临，天气凉爽，蒙蒙细雨浸润着东山。这家烧鸟屋的老板是个京都大学的早年校友，客人都是学生和一些附近的住户，没人认识春，也没人想结识他。店里看起来就像童年的阁楼——满眼是漫画海报，生锈的金属广告灯牌，以及超级英雄摆件，清酒瓶排成一排，仿佛一道墙垣，阻隔着烤炉上冒出的烟雾。墙壁被漆成黑色，几盏吊灯微弱地照着大厅和深色的木桌，楼梯上堆放着啤酒箱，柜台上有一台拨盘式电话机。最重要的是，这里提供香气四溢、入口即化的烤串，而且据圭佑说，这儿的鸡肉沙拉也是京都最佳。保罗提前说了自己会迟一些到，春、智雄和彰便先点了冰镇啤酒和毛豆等他。在季风期来临前那飘忽、神秘和凉爽的空气中，春享受着这美味的傍晚。八点左右，佐和子打来电话问他一点家务琐事，就在挂电话之前，她说："今晚的空气有点儿奇怪。"和往常一样，他想到了法国和罗丝。保罗到了，点了一瓶清酒，说："我有件事要告诉你们。"清酒斟满后，他说："克拉拉怀孕了，我们的女儿会在一月份出生。""你怎么知道是女孩？"智雄问。"我就是知道。"保罗回答并看了看春。我们这两个父亲——春心想，他在快乐和痛苦之间的狭窄山脊上寻找着平衡，举起杯，说："我羡慕这个孩子有世界上最好的父母。"他感到被一种深深的幸福感笼罩着，为保罗感到开心，也为佐和子的预感与罗丝无关而松了一口气。他看到未来出现了一个开口，为自己能见证此刻朋友的喜悦而心潮起伏，对未出生的孩子感到好奇，他也相信一定是一个女孩。奇妙的是，这个小外国人即将降生于京都，这抵消了他对身在巴黎的女儿命运的担忧。他回到鸭川畔的家，洗了个澡，在充实和兴奋交织的感觉中睡去了。第二天一早，他在枫厅里看到了佐和子，脸上挂着凶相。

"克拉拉怀孕了。"春告诉她。

她皱起眉头。

"会是女孩吗？"她问。

春点点头。她倒吸一口气。

"有什么问题？"他问。

"我不知道。"

整个上午，春都在书房里工作，沉浸在昨夜的充实感中。保罗动身去东京前给他打了个电话，他又对保罗说了一遍："我为你们感到高兴。""克拉拉也是，"保罗笑着回答，"尽管苦了她一个人，但她也为我们俩感到高兴。"那是六月二十日，天气蛮冷的，春刚挂了电话，暴雨倾盆而下。他打了个寒战，心情也随之变化，他又想起了爱德华前一天跟他讲的关于在他父亲棺材里放白色山茶花的话。他想象着苍白僵硬的雅克，颈上系着领结，胸前一捧鲜花，平静地置身于一片纯白之中。他曾是一个旅人，春心想，到世界尽头找寻其安息所需之物。而我，虽然我的心也在长夜的彼端，但我从未离开过我的群岛。他厌倦了自己的情绪波动，正想起身之时，佐和子神情忧虑地走进了房间，同时，他的手机响了。他在佐和子面前接起电话，听到彰的声音：智雄刚刚过世了。

6

守灵夜，智雄的密友皆至。尽管在家守灵已不多见，但仪式仍定在真如堂高地的船屋里进行，由圭佑的哥哥弘士主持。智雄的父母和姐姐已经去世了，几乎没有亲属参加仪式。春坐在钢琴和朋友遗体旁，心如刀绞，深感伤悲与孤独。圭佑以一言蔽之，低声引用了一句诗："在夜里，沉重的大地跌落；从群星之间落下，落向孤独。"在沉寂的房间里，春看着大野一雄的照片，无法想象他们能像为功男守夜时那样喝酒和谈话。他想：我们认为自己更坚强了，然而死亡却攫住了我们。外面下着大雨。他悲痛，但不能哭泣，只是沉溺于黑暗中。

半个城市的人出席了葬礼，并向彰表达了吊唁。末尾时，他讲了话，感谢大家，并在礼堂的肃然无声中补充了几句话："他没有受苦，也不曾看到自己将离去。智雄是在他第一位挚爱离世的扶手椅上睡去的。第二位将是我，再不会有其他人了。"出席葬礼的还有许多国家电视台的人，他们从东京、大阪,甚至是札幌赶来——因为根据日本放送协会的轮换制,智雄在这些地方都相继工作过,不管去哪,也总是从他的大本营——真如堂高地上的船屋出发。正讲到这儿,圭佑突然说:"没有智雄兄,我们不能去真如堂了。"他们决定到春家里见面。他们猛灌着酒,无法言笑,然后在房间里横七竖八地睡去。只有保罗在夜里离开,而春则在孤独中洗了个澡。在浴缸中,悲伤将他淹没,随之而来的还有一个新的认知:他不曾看到自己将离去。我们也不曾看到自己的衰老。他想,很快,自己于女儿而言就是一个老头子。纱枝、小洋子、中村龙、太郎、威廉和功男,他们都是英年早逝,而他在高山市年迈的父母仍然健在。比自己大十岁的雅克本能发出第一个警示,但这个外国人收拾行囊,走出了春的日常生活。然而,智雄的死彻底改变了他的日常生活,它令人数、地点的平衡和时间的质地都发生了改变。在他生命中,春第一次考虑自己的年龄问题。

在接下来一周的某一天里,他们相聚在真如堂高地,掩埋朋友的骨灰。"他肯定讨厌我一个人边吃晚饭边跟一个骨灰盒聊天。"彰对圭佑如是说,解释着自己没有遵守"七七法事"的原因。陶匠回应他说:"快点处理完这件事是对的,之后就只需思量死亡了。"六月二十八日的早晨,彰、圭佑和春走向墓地。智雄的空房子像一座坟墓,他们没有停留,春知道自己不会再去了。细雨潇潇，纷飞的雨滴饱蘸着与三十年情谊告别的心碎。他们负载着回忆，在一条凄凉、寒冷、泥泞的道路上前行。在坟前，他们默默无言，虚空而呆滞。他们继而走向金戒光明寺，抵达了大阶梯的顶端。在他们脚下，城市如混凝土熔岩在丘陵间蔓延般铺陈开来，漠然地嗡嗡作响。在他们惆怅地凝望之时，圭佑说："这一次，清酒无法拯救我们，但京都可以。"他们感受着这个城市带来的治愈力量。第二周，春和保罗又一起回来，完成他每周在真如堂高地的环道散步。在阶梯的下端，他停了下来：正是在这儿，他从雅克那里得知了女儿的存在，并认为自己的骨灰将安置于此。如此，自己的命运与智雄的命运也有了连接，坟墓相邻，亡灵相伴。想到这儿，他的心绪平缓了。他们在上一次的烧鸟屋吃了晚饭，春产生了一个信念："狐"这家店是童真的庇护之地，贮存着快乐的时光。

第二天黎明时分，直哉打电话告诉他，他们的父亲和智雄一样，在睡梦中去世了。春乘坐第一班火车赶回高山市，在车站租了辆车，去"隐之居"放下东西，然后到殡仪馆和家人会合。葬礼上来了很多吊唁者：酿酒匠、商贩、朋友，还有春不认识的男男女女。所有人跟他打招呼的方式，都无一照应了他既是大山子孙又是成功男人的身份。他明白，自己虽然受到钦佩，却也被排除在这善良的群体之外。他母亲身着丧服，一贯的内敛和哀愁都挂在脸上。在仪式的某一时刻,她无声地哭了,双肩颤抖着。直哉的妻子抚着她的手臂,她继续无声地哭着。春想起了他之前回到山里得知父亲生病的那天。在他模糊的印象里,蘑菇的味道里伴随着一丝阴暗和颤抖;正当他想要逃离那鬼魅的景象时,星辰却挽留了他,指引他走到祖辈的道路上。而今,他作为父亲,也许有一天还会是外祖父,想象着自己也将成为先人,他明白自己的生命刻在了时间整体之中。同样寂静且孤独的场景——在他父母和他之间,在他和女儿之间,以后也会在他女儿和她的孩子之间——无休无止地重复。

他在"隐之居"待了三天,陪陪母亲,见了表兄弟和老同学,和直哉聊了聊他的清酒作坊,还到山里散了散步,一边走一边追思着智雄。第四天早上,春开车前往火车站。在山谷里,在稻田、简朴的房屋棚舍和一座座年久失修的小神殿之间穿行。繁茂的植被、葱郁的菜园、初夏时浅水中露出的白石——他的旅程唤醒了一抹童年的纯真气息。他稍抬起脚,放缓了车速,随即便感到了平静。他经过宗庙,摇下车窗,让温暖潮湿的空气拂过脸庞,沉浸在大山的怀抱中。在这温馨感中行驶了一段时间后,有什么东西产生了异变,他觉得自己身在他处。熟识的景致隐去了,融入了宏大、无形但存在的一片新天地之间。在这一望无际的景色中,他回过神来,看着广袤的土地,心想——原来,他处就在这里。

7

二〇〇九年一月十日,距他六十岁生日还有十天,保罗和克拉拉的女儿出生了。春去产房看望了新生儿——孩子名叫安娜·罗丝·洋子。"'罗丝'是为了怀念我祖母,'洋子'为了圭佑而取,'安娜'则是为了浪漫的生活。"克拉拉解释说。保罗什么也没说,只是微笑。乳婴身上散发出的生命力让春为之心醉。在世界的另一端,他的女儿也活着,他心怀悲伤努力地接收着她的回音。几天后,贝丝来到他们在贺茂神社附近的家,送上了精美的礼物。在玄关,她握着保罗的手,真挚地对他说:"克拉拉和安娜会让你幸福一生。"在春六十岁生日的晚上,他办了一场盛大的招待晚宴,随后演变成了商业聚会,而保罗则挂着黑眼圈,毫不含糊地履行着他的职责。安娜一出生,就明显有跟她妈妈一样的棕色头发和纤细体形。保罗对春说,他们各自孩子的长相都不随爸爸。小家伙被带到春家里后,佐和子喜欢得不得了,和她一起嬉笑,不过也以固有的警觉和执拗观察着她。除此之外,这一年里没有什么特别的事情发生。

二〇一〇年伊始,春长舒一口气,认为厄势已尽。一月十日,星期天,保罗匆匆送来一些文件,然后和家人一起去苔寺为安娜过一岁生日。回来后,他说:"这是迷雾的季节,一切都令人赏心悦目。"春许久没去过苔寺了,便预定了在下周内前去看看。一月十七日早上,菅藤开车送他去城西的岚山。路上,他们闲聊起来,春惊讶又高兴地发现菅藤竟喜欢能剧。

"我以为高科技新生代的年轻人都对此不感兴趣,"他说,"去看演出的大多是像我这样的老年人。"

"我特想去看六月份的薪能表演。"菅藤跟他说。

这是一个一年一度的户外节庆活动,在平安神宫宽敞的庭院里举办,由本市的两个能剧剧团表演剧目。夜幕降临后,人们点起盏盏火灯。春从未去过表演现场。

"你喜欢能剧的什么呢?"他问。

"真实性。"菅藤答道。

他们准时到达了苔寺入口,大门开启,迎进这个时段的参观者——一拨装备着硕大相机的退休人员。春礼貌地和他们打了招呼。僧人把大家带到大厅,请他们坐在榻榻米垫子上,进行惯常的念诵和抄写心经的仪式,又给每个人分发一根细木条,让他们在上面写下一个愿望。春此行的目的并不在此,便将木条塞进了口袋,一边想着罗丝会怎么看待这项自己平时还挺喜欢的仪式——一个想法在他心中萌生了。正在这时,大家起身活动,可以走到外面,跟着僧人去到内墙的另一侧;最后,大家来到毗邻寺院的树林中自行活动了。地上铺展着一层柔软、厚实、光亮的苔藓,覆盖着树根和石头。稍远处的一片空地有一方池塘,水面升起冬日的薄雾。四周,一月里黑色的枝条书写着一首秘密的诗歌。春走在林中,漫步在苍白斑驳的阳光下。他停下来,抬头看了看柏树和光秃秃的枫树。它们虽是静止不动的,但它们孕育着生命,他想,而我们却拔掉自己的根来逃避自己的阴影。随后,一如他在父亲去世后离开山区时所理解的那样——他处就在这里,处于转变之中。

散完步后,他恋恋不舍地离开了这里。苔寺的土地抚慰了哀伤,净化了爱,仿佛用闪闪发光的亮洁粉擦拭了生活的织纹。这是一片神奇的土地,他心想,一片蜕变的土地。他想到了安娜和罗丝,想象她们有一天会见面,他感到了久违的、寓意深深的幸福。

8

　　第二天,他跟保罗讲述了他的苔寺之行,以及他的希冀。"上周,安娜总是咯咯大笑,"年轻的保罗说,"等我们老得走不动路时,她和罗丝会并肩而行。"上午余下的时间里他们都在忙工作。正午时分,他们正在枫厅喝着咖啡,保罗接到了克拉拉打来的电话。他挂了电话,显得忧心忡忡。"出什么事了?"春问道。"我也不知道,但有点儿不对劲。"保罗说。"关于安娜?"春问道。"不是。"他说完就走了。春感到不安,点了根烟,在折磨人的不确定感中度过了整个下午。佐和子今天请了假,春对她这个"诅咒罗盘"不在身边而感到懊恼。晚上八点钟,保罗打来电话。"克拉拉得了癌症,"他说,"暂时还不知道更多情况,这周还要做其他检查。""有我在。"春向他保证说。几天后,保罗告诉他:这是一种孕期癌症,对象多为新手妈妈,攻击性很强。"有我在。"春又说了一次,但他知道他的朋友们是孤独的。他利用人脉寻找着最权威的医生和最妥善的护理,却无力打破保罗和克拉拉被疾病锁定的绝望。头几个月的治疗折磨着这个年轻的女子；佐和子照料安娜，从愁苦的先知变身成了善良的仙女；保罗继续工作；春很清楚诅咒的残酷自有其时间表，所以没有提议让他休息。他们在卧室里与贝丝、圭佑一起，庆祝了安娜的两岁生日。年轻的克拉拉躺在床上，瘦弱、疲惫，笑对着每个人。二月底，保罗告诉春希望渺茫，克拉拉的妹妹劳拉从比利时赶来了，住在他们家。晚上，等妻子和女儿睡着了，保罗就给劳拉腾出地儿，自己去鸭川畔的春家里。他走进小花园，把自行车停靠在墙边，然后去春的书房找他。在那儿，他们一边喝清酒，一边聊到深夜。在灾难降临时，人与人之间的隔膜竟全然消失不见，春自忖是否曾与另一个人如此亲密过。保罗并非独诉衷肠，他们是在促膝长谈，彼此倾听，谈论彼此的生活；他们一同挂念着克拉拉和安娜，从某个时刻开始，也忧心于不再有母亲的这个小女孩的未来。保罗没有抱怨，也不回避任何事情。"要是没有安娜，我会在克拉拉死后自杀。"他在一天晚上如是说。还有一次，他说："她太遭罪了，不能再这样下去。"当春向贝丝讲这件事时，贝丝发出了一声短促而干涩的笑声，这让他们俩都很不舒服。三月十日午后，佐和子正忙着在花瓶中插一枝梅，突然停了下来，迷惑地吸了吸鼻子。两个小时后，克拉拉被迅速地安排住院，但佐和子看起来并没有惶恐不安。应该不是，春想，或者至少还未到那一刻。

二〇一一年三月十一日上午，春接待了一位客户，然后出门与彰共进午餐。他们喝着啤酒，默契而温柔地谈论着智雄。"在这把年纪，我们就是孤儿。"他们自说自话，笑了起来。彰补充道："要是你知道我爱他到什么程度就好了。"春又想起了功男，回想起这些懂得爱的男人，心中泛起怀念和柔情的感伤。大约两点钟，他独自一人去了真如堂高地，走上了他每周的环形路线。然而，他走到黑谷的大阶梯顶端时，突然感到头疼。春走下台阶，刚走到他得知罗丝存在的地方就头痛欲裂，痛到他只好蹲下来。几分钟后，他起身，不再继续散步，到红色大门前找到菅藤，让他把自己送到仓库。他被一种奇怪的预感驱使，打开了电视。下午两点四十五分，他又开始头疼了，而电视里播放着无聊的国会辩论。他正想关掉电视机，国家气象局的公告叠加在了辩论画面上，同时还有地图和地震的警鸣声。一个男性声音警示强震来袭，并播报出波及的地区：宫城县、岩手县、福岛县、秋田县、山形县。议员们还在发言，那个声音说："地震很快要到了。"国会大厅开始摇晃，画面被切断，出现了身处演播室的记者，他给出了安全指示。这个位于东京的演播室也开始摇晃，很快，主持人报告出根据各震区估计出的地震强度为 7 级至 5 级。下午两点五十分，在首次预警的五分钟后，屏幕上又显示新的预警——这一次是海啸，波及的范围包括日本东北地区海岸，北海道太平洋侧的沿海地区，以及茨城县、千叶县和伊豆诸岛。两分钟前，圭佑打来电话说信应该是在仙台市，随即来和春会合。他们看到了东京地震的画面，圭佑试图联系儿子，但没能成功。"线路过载了，"春说，"我相信他不会有事的。"然后，将近四点钟时，电视台直播了从仙台机场北部的名取川河口上方飞过的直升机拍摄的画面。他们俩静静地看着，无法理解眼前的一切。信息接连不断，不计其数，杂乱无章：地震震级为里氏7.1级；震中位于仙台以东130千米处的太平洋上；福岛第一核电站部分受损；震级升至8级；宫城县发生火灾，市原市一座炼油厂起火；震级又不断提高，疏散核电站方圆三千米内的居民……与此同时，海啸席卷各地的画面未曾间断——触目惊心、难以置信、不堪入目。六点钟，保罗刚到仓库，佐和子打来电话。她的姐姐住在关东地区东京以南，刚传来消息：家里一切都好，希望春的公寓也平安无事。春告诉她："信在仙台出差。"一阵沉默。"知道了。"她冷冷地说，春感到五脏六腑扭结在一起。"等您回家。"她又说了一句，然后挂了电话。

鸭川畔的家里没有电视，他们就听收音机，看不到图像倒让人的焦虑有所缓解。春试图联系在仙台市和名取市的熟人，然而无人回应。圭佑躺下，直接躺在了木地板上。佐和子端来浓茶和几碗热气腾腾的米饭，见他眼神里满是猜疑,随即又端上了清酒。保罗背靠着枫树的玻璃墙坐着,他们呆滞地喝着酒,佐和子进进出出,断断续续地嘀咕着。午夜时分,保罗走了,说会在天亮时回来,佐和子告诉丈夫茂,自己就待在春这边。一场守夜开始了,在明示的不幸里,在命运之悲痛中——虽没有死亡或判决,也没有遗体或实情,但他们三人都料到了信的命运。第二天整个上午仍无信的音讯,然而越发恐怖的新闻和统计情况却层出不穷。将近下午五点钟时,电视台报道说福岛第一核电站发生了爆炸,圭佑冷笑着说:

"原子弹也来了,真是圆满。"

"冷却系统停摆,"保罗说,"反应堆就会熔毁。"

负责运营核电站的东京电力公司发布了试图安抚人心的新闻稿,评论员附和着,保罗听到时,补充说:

"媒体可真是无论什么都照单全收。"

"正如他们不让人看到尸体一样的虚假。"圭佑说,"我也是广岛人,你知道吗?我父亲是京都人,但我母亲来自那儿。她回去是为了生下我们。在她母亲和姐妹们身边待了两个星期,等我们俩出生。一九四五年七月六日,弘士和我出生;到了八月五日,她回到这里,也就是原子弹爆炸的前一天。所有人都死了,我从来没有去过那儿。"

收音机里报道着被淹没的核电站上方腾起的爆炸云场景。

"没有什么东西比无形之存在更隐匿了,"圭佑喃喃地说,"谎言也好,原子也罢,它们都在,光天化日之下,就在我们面前。"

七点钟,换作保罗喃喃自语:

"我感觉是在眼睁睁看着一场毁灭。"

"啊,"圭佑说,"我们会重建的,至少是部分重建。但你不知道:在阪神大地震之前的神户,是一座年轻、独特、几近怪诞的城市。我们会重建一切,但是,纯真将不复存在。"

八点钟,圭佑的电话响了,他递给了春,是幸雄,信的同事,一个生物学家,和信一起在距离仙台二十千米的七滨町海岸采集样本。神灵、众神、又或其他什么人,让他们其中一人留在市中心的旅馆房间里撰写报告,另一个人到海滩上收集沙子样本。"后来发生了海啸,"幸雄说,"如果他当时立刻离开,还是有可能生还的。我尝试给他打了电话,但一次都没有接通。我猜他是想带回材料,所以走进了车子里,但为时已晚。车子被冲到我刚刚找到它的地方——这是一个奇迹,很多人都找不到他们的车了。"说着,他哭了起来。

春挂了电话,佐和子跪坐下来,低着头;保罗双手环抱着后颈,茫然无措,痛心疾首,圭佑看向春,对他说:

"我早跟你说过。"

9

由于尸体鉴定和运返的关系，葬礼举行得晚了一些。随后，骨灰盒存放在了墓地。"你的骨灰会放在哪里？"圭佑曾问过春，当时他还说，"信配得上与你为邻。"倾盆大雨中，他们站在黑谷，一种似曾相识的感觉令人心如刀割。弘士上前祷告，他在祷文中加了几句个人之言，这让圭佑瘫倒在了泥泞的地面上。春放下雨伞，抓住陶匠的肩膀，紧紧地扶着他，直到仪式结束。彰拿着另一把伞走上前去，但春做了个婉拒的手势，甘心待在滂沱大雨中，撑着他的挚友。保罗也合上了伞，其他人也纷纷效仿，一个接一个地把伞放在身后的泥沙里，共同在雨水和寒意中体会着同样的悲痛。当贝丝合上她的伞时，每个人都能看到她在哭。佐和子的脸颊上也淌下眼泪和雨滴。她是最后一个离开小径的，头发上挂满了水珠，走得很慢。几天后，保罗问春，克拉拉的骨灰是否也可以安葬在黑谷。

"她是佛教徒。"他接着说，"不过即使她不是，我也会想让她留在这儿。"

"弘士会安排好必要的事情。"春回答，然后轻声说，"这么快了吗？"

"'吾人在世，行于地狱屋脊之上，凝视繁花。'"保罗引用了小林一茶的俳句回应他。"实际上，我们已经在其炼炉之中了。"

下午，春收到了从法国寄来的最新的照片，心情越发低落了。幸福的人在死去，活着的人在痛苦，生活深陷不幸和哀悼的沼泽，无论作为朋友还是父亲，他都很失败。

关于三月十一日的报道仍接连不断。人们获悉这是一场浅源地震，板块移动主要发生在一条长度异常短的断层上，在有限的范围内聚积了能量，从而引发了 9.1 级的地震和骇人的海啸。一天晚上，圭佑和保罗在春家喝着清酒，春谈起自己对日本人在情感上惯于深藏不露的看法。

"确实，"圭佑说，"我们有充沛而深邃的情感，但我们无法触及。我们受困于这片土地的不幸，受困于它永恒的悲运，也受困于我们的现代语言，不知如何表达我们的感受。如果人不再会表达，又如何看清自己呢？相反，我们被灌输以灾难性的浪漫主义和百折不挠的道德美学。这很了不起！但这些掩盖了当代灵魂的干涸。"

在悲伤和惺惺相惜的气氛中，他们继续聊着类似的话题。

"你在影响我们,"最后,圭佑对保罗说,"日本人通常不喜欢概念,而更喜欢仪式。"

"但每个人都有自己对生活的理解方式。"保罗说。

"狗屁生活,"陶匠说。"你觉得这玩意儿还有什么可说的吗?"

保罗没有回答。

"那你呢,"圭佑问春,"你怎么理解生活?"

"就像是在过河,"他回答说,"河水深得发黑。我看不到底,但无论如何,都得过。"

圭佑温柔地看着他,说:

"你做得很好。朝露就在对岸。"

四月中旬,春与贝丝共进午餐,她说以后她都将在英国度过夏天。

他很惊讶。"但你讨厌英国啊。"

"没错,"她说,"日本可以缓解我的痛苦,但这些年来'药效'减弱了,我需要一点'地狱'的刺激来重新得以喘息。目前生意运转良好,我可以从老家伯克郡遥控一切。一旦我吃饱司康、喝够雪利酒,我就会回来的。"

"你什么时候走?"春问。

"等克拉拉后事结束。"她回答道。"我九月份回来,保罗会喜欢看到故人久别重逢的脸庞吧。"

当晚，春把贝丝的决定告诉了佐和子。

"希望她就留在那儿吧。"她说。

这话让他很吃惊，因为春从没听她说过任何人的坏话。

"她德行有失，"佐和子继续说，"我说的不仅是个人生活，即便是做生意也得守规矩，不能随心所欲。"

不久之后，春与他在阪神大地震前一天未能拜访的客户通了电话，他的女儿住在宫城县首府的沿海地区。所幸的是，她在地震和海啸中无恙，和孩子们一起在一处紧急接待中心避难，等交通恢复后，到了神户的父母家。"但无处可去的可怜人多会流离失所。"他对春说，"您知道是谁在地震刚过就立即到了受灾地区吗？不是政府，不是地方当局，也不是外国援助，他们都摆脱不了他们的装备、规章流程以及自身惰性。包括受辐射地区，在最初的几个小时里，为不幸者提供食物和支持的人是日本民众和稻川会。如果我们被强盗统治而被其他人拯救，那么最富有同情心的人完全有权重建国家。"春自忖，那我呢，我也是强盗吗？他也向圭佑提了这个问题。圭佑哈哈大笑，说："是，不过你势力范围很小，你那点坑蒙拐骗的营生倒也没有多恶劣，毕竟你捧的新人都变富有了。而且，你也没有威胁或杀害任何人。""贝丝也没有。"春强调说。对此，圭佑若有所思，回应说："她是没有，但她总归是个吸血鬼。"过了一会儿，他们又继续聊：

"你是一个商人，但你也是一个爱美之人，"圭佑对他说，"这让你得以摆脱粗鄙；正如贝丝的禅悟之喜让她摆脱她的粗鄙一样。"

"我的粗鄙？"春重复说，回想起他的老师父次郎。

"但在享乐的背后，是孤独。"圭佑继续说，"你一直向往他处，却从未去过；你总是喜欢外国女人；你在艺术中看到了另一处可以治愈你秘密伤口的地方。你的孤独迫使你逃离，但你的伤口让你留在原地。然而，我在你身上感受到一处救赎，我不清楚是哪一点。"

10

克拉拉于五月二十日在第二红十字医院去世时仅仅三十四岁。在葬礼上,保罗几乎瘫倒,春认为这是自己参加过的最悲伤的一次葬礼。在将骨灰安葬于墓地的当天,天气甚是明媚。在地狱的炼炉中,乌鸦在小径上方呱呱啼叫,温暖的微风轻抚着人们的脸庞,一座座坟墓在亡灵无形的生命力中震颤着。葬礼上,圭佑一动不动,十分清醒,眼神中透着无限的温情。晚上,他去市里买醉,春和贝丝一起去保罗家。当他们进门时,保罗正在喂安娜。看着他的黑眼圈和眼神,他们再一次倍感心痛。贝丝对小女孩说日语,小女孩咯咯大笑,咿呀学语说:"daijōbu(没关系)。"克拉拉和保罗的父母住在附近的旅馆,也过来加入了他们。劳拉因在家陪小女孩而没出席下葬仪式,她为大家端上了佐和子提前让菅藤送来的晚餐。一开始,他们用英语交流,见贝丝法语说得很好,就开始用法语聊天。讲着母语的保罗看起来像是变了一个人,春明白他的父母和岳父母在场对他有多大的慰藉。"劳拉是上苍安排的礼物,"

他说过,"但我害怕家里人的到来,尽管我明白这对安娜有帮助。"他还说过,克拉拉觉得威廉死于没能从他的日本血统里获得勇气,而她希望安娜能够了解自己的比利时血统。春想起了他遥远的祖辈,看着闲聊中的贝丝,想着她现在的痛苦有多深。在他的右边,保罗的父亲让他联想到一只猛禽:挺立、严厉、冷眼、姿态专横。用餐结束时,他说了些什么,引发了一阵沉默。保罗起身,众人也跟着他站起来,春和贝丝告辞,一起走入了夜色。"我走了,"贝丝在他们分别时说,"我明天动身去伦敦。"她发出了短促而痛苦的笑声。这笑声,春只在漆黑的时刻才能听得到。

午夜时分,保罗敲响了鸭川畔的宅门。

"你注定要收留痛失亲人的朋友们。"他说。

他看起来令人生畏。

"我也很心痛。"春回答,然后他们去了书房。

"我本以为,起码她不再痛苦了。这个想法能给予我安慰。"保罗说,"这个想法是确凿的,也是对的。但这并没有给我带来安慰。"

他们喝了一会儿酒,沉默了一阵,然后又重新开口,无所不聊:克拉拉、安娜、爱情,以及——屡次三番、直言不讳的话题——死亡。

"你父亲说了什么,让你们全都起身了?"春最后问他。

"相对于理解而言,我父亲更热衷于评判。"保罗回答道。"他是那种喜欢占理的人。"

一袭凉风从窗外吹进,他没注意,打了个冷战。

"但只有死亡才能让我们屈服。"他低声说。

他走后,春在大厅里踱了踱步,抽了几根烟。正要去睡觉,看到枫树前的茶几上,放着一首圭佑用毛笔写的诗,只有一句。

彼处唯有朝露以治。

II

紧接着，一切都结束之时，一切又仍在继续。

在这段时间里，春在二十世纪九十年代初期曾交往过的一个日本情人惠美再次出现在了他的生活中。她跟着当外交官的丈夫在国外生活了又一个十年后，再次回来了。春重新见到她是在大仓酒店宴客厅里举办的官方招待会上。"我从今往后就待在日本了。"她告诉春，"翔平将在东京的办事处待上一段时间，然后他会一个人再去海外。""你在京都做什么呢？"春问。她笑了笑，什么也没说。她刚刚满五十岁。风姿绰约，而且她也变了。第二天，他们去了诗仙堂，在寺院长廊的榻榻米垫子上坐下，她轻轻拂过春的手。"我希望有一天也能带小绿来这里。"她说。春记得她很爱自己的独生女。大朵大朵的杜鹃花瓣点缀在春天嫩绿的枝叶之间，仿佛一串串粉红色的星星。在一片细腻的金色沙地中有一块石头、蕨草、玉簪、南仙竹和一个鹿威[1]。

1　日式园林中的竹制水器。——编者注

其后一排纤细的枫树显得无精打采。第二天,春对保罗谈起这事,但在最后一刻,不知为何,克制地没有提及小绿。

"诗仙堂吗?那是我在这个季节里最喜欢的地方。"年轻人说。

他向后靠在椅子上,补充道:

"吾人在世,行于地狱屋脊之上,凝视繁花。"

惠美的自然和平静令春惊讶,她再次成为他的情人。他们在京都和东京见面,做爱、聊天、欢笑、外出就餐。他们曾经相恋时的渴望和紧张已经让位于温柔和互相调侃。渐渐地,春不再与其他常见的情人碰面了。在纷纷扬扬的小雪花中,他在鸭川畔的宅子里庆祝了他的六十三岁生日。惠美的存在很显眼,他饶有趣味地注意到佐和子和圭佑似乎组成了一个无声支持她的"委员会"。所以,虽然他从来不和佐和子讲他的私事,但还是在次日轻描淡写地跟她透露出惠美已婚的情况。"跟我们所有人一样呗。"她耸了耸肩,说道。看到她抛弃了一贯义无反顾坚持的原则,春暗自笑了起来。而他不得不承认,自己近四十年来的生活已然既无征兆、也无痛苦地改变了。他仍一直外出、喝酒、商谈和参加聚会,但精神状态已不同往日。下午,他第一次带着惠美走上了穿梭在寺庙和墓地之间的散步环线。只有他们两个人,她走在春的身边,柔美、优雅、端庄。他们在大阶梯的顶端驻足，万籁俱寂：白雪覆盖着的城市安静下来，寺庙和坟墓鸦雀无声。春看着她，她轻轻地喘息着，几欲落泪，转身看向春，双眸盈盈。春欣赏着她的美丽和温柔，随后，思绪又转向了别处。他对自己说：智雄赋予我的这片山丘以精神的"形"。我已进入哀悼的年月，从此，我死去的朋友们会给予这些院落和坟墓以炽热的气息。他在寺庙的院子里停了下来，再次看到了一九七〇年一月十日的黎明——智雄和圭佑走在他面前，下着雪，他冷得发抖，又感到重获新生。圭佑和保罗还好好地活着，他想，罗丝也是。远处钟声响起，他重新意识到惠美的存在。

当晚，他们在祇园的一家餐馆用餐，那是一家他经常光顾的老店。吃饭时，惠美向他讲起了自己在国外的岁月，还讲了她正在读的一本爱情小说。春在听着她的讲述，仿佛看到一幕剧，正上演着若他娶了一个日本女人后所过的生活。就在他想到自己一直对欲望和身份难以平衡时，惠美就那本小说——一个已婚男人和一个已婚女人最终一起自杀的故事——对他说："我的欧洲朋友们认为日本人对不可能的爱有一种狂热崇拜。"晚上余下的时间在轻柔的气氛中度过，他感觉自己漫游在一片既熟悉又陌生的地方。他们在冰冷的夜色中走到了一家葡萄酒酒吧，圭佑也在，已经喝得酩酊大醉，拉着惠美絮絮叨叨。春心不在焉地听着他们的话，没一会儿，他的嘴角就扬起充满爱意的微笑，不再理会他们的对话。他想着罗丝，抿了一口希侬酒，自言自语：我在这儿百无聊赖地陪着惠美开心，想必陪女儿参加儿童茶会也是一样的感受吧。

12

　　二〇一三年一月十九日上午，春六十四岁生日的前一天，佐和子突然在朝向鸭川的窗口前停下了脚步。"你在看什么呢？"他问。她心不在焉地茫然回答："河。"临近晚上七点，圭佑打来电话，提议让他叫上保罗一起到市里小聚；可是他已然计划和惠美共度良宵，所以谢绝了。他们俩一起去了位于一栋大厦顶层的寿司店，在那儿遇到了从英国回来的贝丝，她正在和商业伙伴共进晚餐。他们站在她的桌旁聊了一会儿。晚些时候，惠美对春说："贝丝真能干，尽管是外国女性，但你瞧他们对她多尊重。"他回想起自己和贝丝作为情人的往日时光，心头不免泛起一丝怀旧的涟漪。他和惠美一边欣赏着东山的秀色，一边吃完了晚饭。两人沿着鸭川步行回家，天气温和，野草在月光下垂成一弯弯银色的小拱洞。回到家，两人有说有笑地洗了澡，上床睡觉，但并没有做爱。他看着惠美赤裸的背影，平静地睡去了。

　　次日早上六点钟，他的电话响了，他听到圭佑的声音："来红十字会医院吧，我们没什么大事，但你还是来一下。"

在医院，他看到陶匠在走廊里，蓬头垢面，穿着病号服。"我没有受伤，"他说，"我是因为湿透了。"然后他讲了事情的经过：他们喝得发昏了——春猜想这是什么意思——然后不知不觉走到了三条大桥上，说他们必须跳下去。俩人跨过护栏，保罗跌落在了桥柱的一角，圭佑则掉进了冰冷的河水中，没有受伤。他们被人立即救了起来。保罗被紧急施以髋关节手术。"很顺利——好吧，也不能这么说，"圭佑低声说，"我真是昏了头了，我明知道我不能死，我本该保护他的。""安娜在哪儿？"春问。"和保姆在一起。"陶匠回答说，"我刚才跟她讲了，她担心得要命。"春给佐和子打电话，简短地说了下事情的经过。"啊，"她应道，"河！"春叫她去保罗家。"我去把安娜接到家里来。"她说。接下来的几天里，安娜白天在春家，晚上在佐和子家。在此期间，保罗也在慢慢康复中。"我到死都得瘸腿走路了，"他告诉春，"但瘸腿算不了什么，事实是我辜负了安娜，我永远不会原谅自己。"

他还是原谅了自己。他重返工作，有节制地去酒吧。春很乐意看到他与女儿之间温柔且快乐的相处。此外，他也有艳遇，因为他明白他不能再是曾经和克拉拉在一起的那个人了，也明白了没有人能够坦然面对死者的别离。春看到工作让他得以振作，而且日本人都喜欢他，便把更多的任务交给他。保罗总能在漫长的晚餐中毫无倦态地喝酒，话不多，适时地发笑或引人发笑；有时他达成交易的利润甚至比春能拿到的更高。保罗对此自嘲时会微笑着说："资本主义精神诞生自新教伦理，我曾以为我是一个艺术爱好者，而其实我不过是我本源文化的产物。"实际上，他很少微笑，春为他感到难过。安娜已经四岁了，一天比一天长得更像她的母亲。虽然母亲不在悲伤常在，但安娜似乎总是快乐且顽皮，所以佐和子坚信她受到了纠之森的保护。当保罗卖掉以前的房子，搬到市中心的一套公寓里时，她又担忧起来，好几个月里都警觉地留意这个小家伙。就这样安娜健康成长着，保罗从中也获得了力量。

春庆祝了他的六十五岁生日，派对由佐和子和惠美共同操办得非常完美。下着雪，玻璃天井里，石灯笼戴上了一顶鸦翅造型的"雪帽"。圭佑发表了一通融汇了山茶花、友谊和清酒的诙谐演讲，最后一句是："山里人就是很蠢。"大家都笑了，随后平稳地迎来了一个美好的春天。继而，雨季提前而至，天气异常清凉，春患了感冒。六月二十九日晚上，他正在家里喝着热茶，剧烈的咳嗽让他的胸腔感觉如撕裂一般，但他仍想要看会儿书。这时，新雇的侦探打来电话——第一位侦探早在十年前就退休了，其继任者也会说英语——请春原谅他冒昧致电，并告诉他莫德在此前一天自杀了。

13

莫德在口袋里装满了鹅卵石,然后在维埃纳河里溺水而亡了。春指示侦探将相关情况和照片整理好发到他的电子邮箱。照片里,身着黑衣的波勒在门廊入口处接待吊唁者。一张照片里,罗丝正离开德朗布尔街的公寓,脸上挂着冷漠而孤僻的表情,这让春想起了莫德。葬礼在隔壁小镇的教堂里举行,死者被安葬在乡下和她父亲相同的墓地里,距离教堂十分钟路程。摄影师无法靠近,照片因此模糊不清,面孔难以辨认。但在春看来,他们犹如戴上了苍白的面具,和他童年时对能剧人物的印象一样,与鬼魂的世界打着交道。

"你有什么打算?"保罗第二天问他。

春咳嗽了一声,点了一根烟。

"与她联系,但我还不知道怎么联系好。"

"不过,'怎么'正是典型的日本式问题。"保罗说,"除了日本,我不知道还有哪个民族会如此潇洒地将'为什么'弃之不顾。"

"她没有父亲，也几近没有母亲，"春说，"我不能就像一朵花一样飘进她的生活里。"

他又咳了起来。

"你应该去看医生，"保罗说，"你这咳嗽拖得挺久了。"

"我晚点儿就去，"春说，"约在四点钟了。"

他沿着鸭川走去他的医生那里，左转上了出町桥，之后很快走上川端通。蒙蒙细雨中，他既感到疲惫，又觉得幸福——这不可思议的感受温暖而深沉，在他心中掘出多口情绪的深井。在法国，岁月了无生趣地重复而逝，她的女儿日益憔悴，美丽但忧郁，愤怒不再，仅剩冷漠，看起来一副听天由命的样子。她的生活里似乎再无波澜，工作，回家，她几乎再也不见朋友，几乎再无情人。每当他收到报告和照片时，春都不得不承认是莫德的阴暗占了上风。不过，很快，罗丝就会了解她的日本灵魂——春欣赏着融入雨季灰蒙画面的苍鹭，心里这样想着。河床上的野草，被雨水冲淋得绿油油的，在凉风的吹拂中弯下了腰。在他的对面，东山宛如一片漆黑的秘境。在四周丑陋的现代建筑与高雅的庙宇圣所碰撞出的魔力驱使下，京都的梦幻从未如此触动他的内心。他笑着，心想：我希望我的女儿成为日本人，这让我也找回日本人本心了。

水林重典是与春有三十年交情的朋友,他一边给春听诊,一边跟春聊个不停。突然间,他沉默了。

"你最近体重变轻了吗?"他问。

春不知道。

"我要给你开些检查单,"重典说,"毕竟你是个大烟枪,还是小心为上。"

"我可没时间生病。"春笑着说。

他做了所有检查后便不再想这事,而专注地谋划他的"罗丝大计"。惠美提出想跟他共度几日,但他以自己患支气管炎为借口,拒绝了她的提议。他将业务都交给保罗处理,自己则整日在书房苦思冥想。七月二十日,重典给他打电话说:"我拿到你的检查结果了。你下午能过来吗?"春看着佐和子正往一个白色的大花瓶里插丁香花枝,神情专注而平静,便也觉得无须担心。他走到川端通上的诊所,候诊的时候一直想着自己给女儿的第一句话该如何写。随后,重典叫他进到诊室——那一瞬间,他知道了事情很严重。

"你就跟我直说吧。"他说。

"还得要进行活检和其他几个检查,才能更全面地了解情况。但可以肯定的是你患了癌症。"

"肺癌?"春问道。

"双肺都受到了影响。"

"现在？"春说。

医生看着他，愣住了。

"怎么偏偏是现在呢？"他说着，短促地一笑——这笑声他在别人身上也听过。这就是命运吧，他想。

"有多糟了？"他又问。

"在磁共振成像和活检之后才能了解更多情况。"重典回答道。"不要把这个消息当成判决，很多患有这类癌症的人都还能活很久的。"

春回到家，邀佐和子陪自己一起喝茶，并把这个消息告诉了她。佐和子既打理宅子的上上下下，安排他的日程，也了解他的秘密：在所有人中，她理应知情。而且，他很好奇"噩兆女士"为何对此完全没看到端倪——或许这给予了他希望。当春对她提及此事，她惊讶地倒吸一口凉气。

"不可能的。"她说。他以为她是在否认他患病的事实。

他想错了。她预料到他的疑问，接着说：

"我在家里是看不见的。"

"在你家？"他重复道。

"就是这儿。"她解释说，指了指明亮的房间。

他接受了一系列新的检查，并在八月份再次见到了重典。

"这既不是最猛烈的癌症,也不是最温和的癌症,"医生告诉他,"不过今时今日已经有很好的治疗方案了。我会给你引荐京都最好的肿瘤专家。"

"我还有多少时间?"春问。

"这不好说。"

"多少?"春重复道。

"五年,也可能十年,"重典回答道,"但如果活到了九十岁,你也不要起诉我。"

走出诊所后,春给保罗打了个电话,约他到"狐"餐厅见面。"佐和子会照看安娜,"他说,"我就想和你一起吃晚饭。"保罗准时到达,入座,任由春点了啤酒,说:

"跟我直说吧。"

听着春解释完一切后,他向后仰靠在椅背上,只说了一句:"有我在。"

"你不得不撑起生意,"春说,"没有人喜欢生病的商人。基本上,日本不喜欢病人。等我不行了,你就是门面担当。"

"这事你还要告诉谁?"

"圭佑、贝丝、惠美——一旦病情'昭然若揭',那就告诉所有人。"

主厨过来请他们喝了一杯烧酒。春笑着问保罗他们是否看起来绝望至此。"是的。"年轻人笑着回应。他们端着浸满冰块的大酒杯喝着烧酒。

"我父亲是在睡梦中死去的,没遭罪。"春说,"我以前几乎相信自己也会那样死去。"

提及父亲,他又想起了其他往事。

"我曾经在高山市附近的山区认识了一位茶师。他的名字叫三船次郎,他在市里开了一家古董店,在成堆的蹩脚货中,偶尔也会淘到些宝贝。他在他的小屋里——夹在一箱箱啤酒箱和一堆堆旧杂志之间——郑重其事地泡茶。在他那儿,我听见了从未如那般清晰的茶音。"

他向无形的朋友举起了酒杯。

"他常说:'一个自以为了解自己的人是危险的。'但实际上,他走的是茶道,他知道自己是谁。我要把北边的小房间改成茶室,我已没时间去以为什么了,我需要看到。"

保罗举起酒杯。

"罗丝的事呢?"他问。

春摇摇头。

"我还没想好。"

14

治疗、检查,周复一周,月复一月:病情总是残酷的。二〇一四年八月,春搁置了他关于罗丝的决策,以及基本上任何复杂的决定。二〇一五年六月,他与癌症作战的事尚不为众人知,他与菅藤一起去看薪能节庆活动的首日表演。温煦多云,他惊奇地发现自己喜欢这种户外活动,这让他忆起童年时看的表演。人们点燃火把,被照亮的舞台和神庙在逐渐昏暗的背景下凸显出来,格外醒目。真正的黑夜给剧目表演注入了一份厚重感,令春为之震撼。月亮升起,为他映出了前所未见的世界,他感觉自己正大步走过隐秘之地。他睡着了,就像把自己毫无保留地交与守护之手。他醒来的那一刻,主角戴着一张翁面:这面具一定是一位伟大的艺术家雕刻而成的,因为春从来没有在其他任何一张面具上看过如此真切的痛苦表情。或许是我变得更敏感了?他正思量着,惊恐地意识到那是一张憔悴的死亡面孔——此时演员正在吟唱:"我来,是要向你言说我的痛苦。"

当夜，春的梦境中鬼魅横行。第二天，他没和任何人多言，独自安排好了事务。在被艺术和火焰照亮的夜晚，他看到了真相。无须向医生求证，他已知道自己时日无多了。三周后，他告诉保罗和佐和子自己要去高山市几天，并让菅藤第二天清晨来接他。天亮了，春让菅藤带自己去关西国际机场，并嘱咐他对任何人都不要透露半个字。他看着窗外飞驰而过的景象：城区街道、市郊，然后是南部的平原、绵延的高速公路，可怖的大阪市区。车程末了，他们驶上了连接海岸和机场的大桥，他饶有兴致地看向标有英语和片假名的指示牌——Sky Gate Bridge R（天门大桥 R），然后扫视了大阪湾上的工业设施、渔船、游轮，凝重的混凝土建筑——海岸景观在现代性的裹挟下已面目全非。他想不出还有什么地方能比这里更具日本特质了。

菅藤陪他走到值机柜台和候机大厅入口，鞠了一躬就转身离开了，如同把他送到牙医诊所一般。经过安检和海关后，春来到商务舱休息室，坐在靠近海湾一侧的扶手椅上，俯瞰机场跑道和大海。一架飞机起飞，又一架降落。他起身接了杯咖啡，又回到椅子上。离登机还有两个小时，他拿起一份报纸，又放下来，飞机起起落落，大海在越发强劲的风中汹涌澎湃。他观察到，飞机起飞时看起来沉重而迟钝，降落时似乎轻盈而灵活——某一刻，一架小型飞机的轨迹让他想起了鸭川的苍鹭，继而他又联想到他儿时为伴的河流。他记得在那儿看到了自己生命的两岸，而在湍流中央，神秘而缥缈的存在是他的女儿——这就是我的归宿，他想，就在迷雾中心，我终能于此和罗丝相聚。飞机依旧起起落落，他又喝了两杯咖啡，嚼了几块仙贝，反复念叨着他在巴黎预定的旅馆名称。大海在乌云中翻腾着，他担心暴风雨将至，但显示屏里写着航班准时起飞。他喝下一杯葡萄酒，放松了下来。终于，他起身离开了休息室、海湾、大海，以及被阴霾遮没的跑道。

在飞行途中，他根本无法入睡。咖啡的效力、旅程的漫长、旅途的不确定性：所有这一切都令他目不交睫。在昏暗的机舱里，他的眼睛睁得大大的，想象着自己进入和罗丝同一空间的那一刻，想象着她就在自己面前，被同一片空气包裹着，身处同样的图景之中。飞机着陆。在保持了十二个小时这种奇特的警醒状态后，他感到筋疲力尽。在出口处，一个日本人拿着写有春名字的牌子——梅林学提前为他安排好了。他把春带到一辆车上，春几乎立刻就睡着了。当他醒来时，他们已经在巴黎市里了，正午刚过，下着雨。酒店看起来很干净，服务平平，房间舒适。他淋浴后，躺在床上，再醒来时夜色已深。他把梅林学让接机人转交给他的手机放进口袋，然后出了门。

雨已经停了，他在蒙帕尔纳斯大厦周围随意走走。他在沉睡着的街道上走了很久，觉得这座城市又脏又臭——但春不在意巴黎，只想着她。不久，他饿了。天亮了，春行至一条宽阔的林荫大道上，认出了一家咖啡馆——绿白相间的柳条桌椅，能看到木制柜台的窗口，身着白衬衫、黑马甲和戴着黑领带的侍者——这一切他在照片里早已熟识。他在露台座位上坐下，点了一份早餐。

15

　　看了三十来年的照片，春早已熟悉了巴黎，不过，从照片中看不出气味、光线，尤其是人的动态。相比于装饰、面孔和语言，路人的动作体态更加让春感受到自己身处异域他乡，陷入了难以化解的陌生感之中。在京都结识法国人也罢，经常与西方女人交往也罢，这些都并没能让他对眼前这些比画着特定手势的人群习以为常。春似乎被裹进了另一个世界的涌潮，感到自己离开了现实。一个小时后，疲惫感再次袭来，他觉得自己在这里坐等一个人奇迹般现身实属幼稚，打算先回旅馆再计划第二天上午的安排。等罗丝上班时到她的研究所门口去吧——他正如此盘算着，一眼远远瞥见了她。凭着这第一印象，春决定了接下来的行动。

　　他看见罗丝径直朝自己这个方向走来。她穿过马路，春意识到她正走向这个露台的座位。她身着一件十分简约的绿色连衣裙，一双平底凉鞋，头发披散着。她瞟了他一眼，在邻桌坐下。服务员走过来,她点了一杯咖啡。从她的声音中,春听出了与自己母亲一样的音色,这让他大吃一惊——这是大山给予她的印迹。春离她不足一米远,见她并没有注意到自己,他便从容地打量起她。她身上有一种在照片中看不出的能量,让他想到花朵柔弱的倔强。他心想:有多少男人为此爱过她,但又得承受她的怒气和冷漠?她拿起杯子,勺子掉在了地上,他拾起来,递还给她。她道了谢,春用英语说:"不客气。"她盯着春,犹豫了一下。

"您是日本人?"她终于开口问道。

"是的。"他说,"您了解日本吗?"

"不好意思,"她回答,"不是我的'菜'。"

他笑了。

"您也知道,我们有一些美好的东西。"

"美好的东西?"她重复道。

"或许是些微不足道的东西,"他说,"但总归也是有的。"

她向路过的服务员又要了一杯咖啡。

"什么美好的东西?"她问。

"苍穹。"他说。"苍穹深处有黯然的花园,偶尔有狐狸经过。"

她盯着他。

"或许您有朋友在这边?"她问。

他在她的声音里嗅到一丝紧张。他想：就是现在了。有什么东西被开启了，像在万事万物交错的庞杂结构中出现一道缝隙，让他在回答问题前得以有无限的时间漫游其中。一种奇特的迟钝攫住了他，并把他带到了他处——苔寺的树下：他在树冠的荫蔽下信步。想到静止不动的树根却具备孕育生命的力量，春为此感到欣喜。他听到了它们的歌声，明白了静止之物变化的力量。他在记忆的山峰下徘徊了一会儿，欣赏着苔藓和迷雾，让自己沉浸在大地神奇的光辉中。真相在草丛中闪烁蹚过，他在其中相继看到了岁月、孤独和无助。很快他就会成为家人的负担。在树叶的吟唱声中，他想：世间无偶然之事。罗丝看着他，她爱他爱得深刻而痴狂，一把扯断了自己的心。

"不，"他说，"我在法国一个认识的人都没有。"罗丝再次盯着他看，耸了耸肩。

"那也是自然。"她说。

他想到了在南禅寺蜕变成另一个女人的贝丝；还想到了自己总是被他处所吸引，然而在这里他不过只是一个外国人；又想到爱就是给予光明。他用日语对她说话，告诉她说，她是一朵强大的花，他相信她的力量和意志；还说，他希望有一天，神明会让她敞开心扉。她困惑地眯起眼睛，招呼服务员，付了咖啡钱，站了起来。

"祝您在这儿过得愉快。"她说。

他一直目送她到附近的地铁口，结了账，跟着手机上的导航指示回到了酒店。他躺在床上。他曾预想：一阵撕心裂肺的剧痛之后，他终会空虚、如被烧灼殆尽般地万念俱灰。然而，他并没有这些感觉。

他给航空公司和梅林学的手下打了电话，然后在酒店房间里接连吃了午饭和晚饭，没有再出去。第二天，黎明时分，司机在酒店门外等候着他。这一次，他想要感受飞行前的每一次心跳，所以去机场的路上他没有睡。他办理好行李登记，去了休息室，喝了红酒和咖啡。登机坐定后，他再一次准备好要面对一波悲痛的冲击，然而心中却涌起一股强烈的慰藉和莫名其妙的陶醉感。飞机穿透云层，阳光洒满机舱，他想起了惠美谈及的那本小说，就像友情一样，那"不可能的爱"也是爱的一部分。

16

回到鸭川畔的家里,他撕裂的为父之心重生为一颗垂死之人的心。他告诉活着的人们自己已处在一个中间地带,他们无法再与他欢聚。最先被告知他走上了这条不归路的人是惠美。

"我可以给你所有,但你不想要。"她说。

春温柔地看着她。

"我和你一起度过了快乐的岁月,但我是一个孤独的人,我无法与任何人共同分担我的病。"

"孤独的人?"她重复道。

她醒悟般地苦笑一声。

"一个自以为了解自己的人是危险的。"她说罢,紧紧抱了抱他,离开了。

晚上,他在一家酒吧见到了圭佑,把自己对惠美说的话告诉了他,又说:"我知道你会骂我,我都快想骂我自己了。"

"人是什么?"陶匠问他。

"你说我听听。"

"首先，人是一个孤独的个体。"

"没错。"春说。

"然后经历坠落和新生。你觉得你可以只靠自己便获以新生吗？"

"在我看来正相反，我是要死去了。"春说。

"你还不明白吗？你向往他处，你就是太'日本'了。我们自认为掌控一切，实则错失了一切。你对'形'的执念，就是对掌控的执念。然而在我们内心有一处深洞，我们在那儿是瞎的，除非我们接受不再看，并让别人告诉我们，我们是谁。"

"我不能对惠美有此要求。"春说。

"啊！"圭佑说。"你还认为你有得选！但对任何一个人而言，坠落和新生都需要有人陪伴在左右。"

后来，在友情的温度中，清酒缓和了气氛，圭佑笑了。

"瞧你，像是个蠢武士！"他说。

第二个被告知消息的人是保罗。春没有跟他讲关于巴黎的事，只告诉他自己放弃和女儿相认了。

"但父亲就是父亲，不管他是健康还是生病。"等春讲完，保罗说。

"一个缺席的父亲变成了一个生病的父亲。"春说。

"你还能活好些年，难道你要放弃最重要的相见吗？"

"在我面前的是疾病、衰退、死亡。"

他笑着。

"在刀没有架在脖子上的时候,我们总会犯错,不是吗?父亲必须给予女儿的,是能照亮她、让她看见自己的光,也就是贝丝没能对威廉做到的事。但我得将罗丝血脉里的日本部分传授给她。"

"那你打算如何远程做这件事?"保罗问。

"我还有几年的时间来想清楚,"春回答道。"很奇怪,做出这个决定使死亡变得真实,但我却感到沉醉于喜悦和幸福中。"

"这是给予的喜悦,"保罗说,"不求回报地给予,因为你已经掌握了给予的真正含义。我羡慕你这种沉醉感。"

但春在巴黎的时候就领悟到:这沉醉感源自一个悖论——放弃相认但亲近感反而加强。在过去的几十年里,他对坚信了解自我的这一想法渐渐释然了,取而代之的是他对其生命中唯一嬗变的信念——这份信念正因他与女儿交谈的那几分钟而被照亮。

夏季和秋季相对平静地过去了,癌症在春的身上缓慢地进展着,既没有恶化,也没有好转。春过着几乎正常的生活,只是不再抽烟,也不再喝酒了,他明白自己的呼吸次数是与日递减的。二〇一六年一月,他在鸭川畔的家里摆上了一大束白色的山茶花，庆祝他的六十七岁生日。用于插花的黑色亚光岩泥花瓶令人过目难忘。这是圭佑的贺礼，他也对自己这个作品颇为满意。还来了一些年轻的艺术家，使得聚会氛围十分欢快。这些年轻人为自己身在其中感到自豪，有着春在他们这个年纪时一样独特不羁的个性；还有和以往一样多的女性宾客。春觉得她们神采奕奕，但并无情欲之念，只是为她们的在场高兴，为她们的才华着迷。看着她们的身姿和笑靥，他想：我现在想要的唯有亲密感——超越死亡的、与罗丝之间终极的亲密感。

与此同时，就在这全城开满山茶花和梅花的时候，侦探告诉春：波勒去世了，享年八十七岁。她是在睡梦中离开的，无疾而终，在自己家里寿终正寝。春为她感到欣慰，但也为女儿感到难过。直到他收到葬礼、墓地和罗丝的照片时，他才真正意识到自己的感受。照片里的罗丝掩在一件大大的黑色雨衣里，直直地站在大雨中，即便在人群中也显得形单影只。三月的一个晚上，他和保罗一起细看这些照片时，他发现雨看起来是黑色的。保罗看了又看，神色不安，因为照片上确实看得出有一条条深色细纹。

"圭佑要是看到了，就会提醒你说，在原子弹爆炸后，由于高温的作用，广岛和长崎降下了一场黑色的雨。"春说，"那是一场裹满灰烬和放射性尘埃的雨，将原子固定在地面,摧毁了一切希望。"

当晚,正巧圭佑来和他一起吃晚饭,春一反常态,喝下几杯清酒。他们聊了一个晚上,聊起故去的人,将嵌在生命中的隐秘宝石一颗颗擦亮。临走的时候,圭佑问他年轻时画的那幅画是否还在卧室里。

"你想再看看吗?"春问。

"那倒不是。不过,你知道那画里是一朵'玫瑰'吗?"

他自己也感到惊讶,接着说:"我不知道我为什么要告诉你这个。"

他看着春。

"但你知道,对不对?"说罢,他就走了。

17

二〇一九年初,癌症已然恶化,治疗令春精疲力竭。他出门离不开氧气装备,肺部和骨骼饱受疼痛,虽然尽可能少地使用吗啡,疼到难以忍受还是要用的。佐和子为他组织起全新的"人生舞会":护士、治疗、往返医院的行程,以及——在圭佑"玫瑰"画作的对面安置了病床。这一天,春邀圭佑过来,像五十年前一样,以一种随意又略显庄重的方式为他泡了茶。朝北的小房间被布置成了一间茶室,壁龛中挂着一幅冰中紫罗兰的画轴。至于其他,则像他的老师父次郎一般,随性而为,并没有刻意的顺序,他与好友畅聊,品味世间极致的美好。当然,时不时地,他们也会像从前那样辩论不休。

"你认为精神源于'形',但恰恰相反,'形'只是精神的可见部分,是对掌控精神的表面幻想。"圭佑说。

"所以,尽管你玩世不恭,你却是我们两个人里更有佛教思维的人。"春回应说。

"但谁更日本?"圭佑问道。

五月，是充满启示、开始和结束的月份。春做了一个梦，梦里他和罗丝一起走在北野天满宫的小径上。梦里的罗丝是照片难以呈现出的、与他在巴黎接触过的那个女子。在一朵极美的鸢尾花前，春向她伸出手，对她说："痛苦、付出、未知、爱情、失败和蜕变——这一切都是经历。不过，如同花常驻于我心一样，我的整个生命都将陪在你身旁。"他在一阵剧痛中醒来，几个月前，这剧痛就已促成了他最终的决定。他服用了足以让自己能够起床的剂量的吗啡，打电话给保罗。在第一位护士离开后，保罗便到了。他们在枫树天井前喝茶，春说自己很快将卧床不起，无法保持清醒甚至难以吞咽，因此"是时候了"。保罗没有说话。春又说，他想死在自己熟悉的地方，在真如堂的高地上；他已经和弘士联系过了，他会在后者私人属地毗连的小花园里安息。"你要在寺院里自杀？"保罗一脸震惊地问道。"我要在那里睡去，"他说，"然后你和圭佑把我带回这里完成最后的仪式。"弘士知道吗？"保罗又问。"当然不。"春回答并补充说："在此之前，我要让你翻译一封信并记录一条行程路线。"

"为了罗丝。"他把话说完。"你还记得你第一次在高山市对我说的话吗？'日本灵魂的深度完全在表面上，我们的花园就是它的形态，以使得地狱变成了秀美之所在？'很长一段时间我都认为罗丝的悲伤只源自莫德，我主观上忽略了我们其他人被塑成地狱的一面。"

他笑了。

"现在,我想留给罗丝的'日本'遗产仍是悲伤,但附带解药。八年前,我在苔寺就有过这种直觉,现在我清楚了:我要留给女儿的是一封信和一次游历之行。当她来这里听读我的遗嘱,你就带她走几处既定的地方。最后,你带她一起去公证处,然后把我的信和法语译文一并交给她。"

保罗什么也没说。春知道,他的沉默就代表同意。

"我把我所有的财产都留给她,但生意和仓库都给你。"

"这绝不行,"保罗说,"我既不是你的儿子,也不再仅仅是你的雇员,我更是你的朋友。"

春点点头。

"什么时候?"年轻人问。

"五月二十日,十天后。"

如此,春一步步走向即将临近的死亡边际。为了完成这个心愿,他邀请圭佑来喝最后一杯茶,并在茶室的幽暗中通知了朋友。

"想死的人活着,想活着的人自杀。"圭佑低声道。"我试过很多次了,但谁能与命运抗衡?它无差别地惩罚我们——无论是孤独者还是恋人——所有人都被剥夺了与自己和所爱之人的联系。至于我,我是那种负责留守并将故事记录到最后一个字的可怜人。"

"故事？是谁的故事呢？"春问。

"谁知道呢？轮到我的时候我自然会知道的。也许就在你之后？或者在保罗之后？我希望不会，我已经老了，我希望他再爱一次并长命百岁。"

春泡着茶，病痛与回忆更迭，令他的动作缓慢而柔和，沉浸在他的老师父、他的故乡山川和神秘狐狸的幽幽祝福中。他们静静无言地喝着茶，不拘礼节地坐着。大片大片的阴影从山坡上流泻，也从他的记忆中滚滚而出，浓厚的暮色笼罩着他。圭佑对他微笑，春又提起四十年前自己在"隐之居"看见狐狸穿过无形浅滩的事，然后又说起平安时代时幽居女子和狐狸的故事。

"四十年前，有一天，我把这个故事讲给了一个法国女人听，"他补充说，"然后又告诉了雅克。这两个人都被深深打动了，但我一直不明白为什么。"

圭佑大笑。

"你想让狐狸说什么，它就说什么。在每一个好故事中，都交织着三条轴线，我们这些微尘般的存在都沿着这些轴线移动，每个人都根据自己所有和所缺在那里过活。出生、爱、死亡。开天辟地，起始和结尾。"

他点上一根烟。

"我记得那个法国女人，"他说，"对于她，我会这样续写故事：幽居女子在被无形包围的一生中苦苦挣扎，狐狸的目光却使边界飘忽不定。它仿佛给予若干未知的镜面，改变了内在的折射定律，重新编排着影之舞。简而言之，它让这位女子在另一个无形的世界中获得新生，在那里，她的生命内核变得清晰可见。它还呼唤死者之名，将她从枷锁中解放出来。它是她绝无仅有的一个朋友——会见证她的悲痛、为她调和黑暗、驯服无形的朋友。"

他若有所思地打量着春。

"你知道她当时疯了，对吧？疯狂也好，绝望也罢，或者说中了邪，怎么说都可以。"

他熄灭了香烟。

"但你并没有告诉我一切。"

春微笑。

"你会知道一切的。"他说。

佐和子到了。下午经历了痛苦的过程，以至于春没再回想他们的谈话。但是，当他坐到床上并按着遥控器躺下时，他问自己：如果茶让人看到无形之物，那我看到了什么？随即一股模糊的直觉袭来，他对自己说：狐狸是答案。

新生

弥留之际，上野春心里自话：终于，我归于万物。他欣赏地盯着那个黑色的碗，纯粹的无形之"形"，他对圭佑的理解就是从它开始的。他凝视着内心的一朵鸢尾花，这朵花已成为他的一部分，痛苦在其中消融了。

他想：我找到了我的故事，一个抚慰并驱散痛苦的故事。我以为我是在讲给别人，但实际上，我是在对自己讲这个故事。狐狸对雅克说：一切不曾炽热的都会消逝，苦难和恩典同样无穷无尽。对我，它则说：每个人都走向他新生的时刻，我们在孤独中死去，在光明中重生。因此，在结局和启示的间隙中，我们完成了真正的旅程。

他想：罗丝，一切都已经安排好了，只剩下生命的骨架，我知道自己生命中没有什么比你更强大、更重要的存在了。我是一个即将成为法国孩子之父的日本男人，我深沉的灵魂就在这偏离之中，它构成了我幽暗而闪耀的遗产——这份遗产集合了我的血脉与我的割裂、孤独与亲密、忧郁与欢乐。

终于，彼岸的一滴露水滴落在真如堂的花园里，上野春心想：死者比生者优越，因为他们再不会坠落。

致谢

埃娃·沙内和贝特朗·皮

里夏尔·科拉斯,井门广子,科琳娜·康坦,柴田重典

以及永远的让 – 巴蒂斯特·德尔阿莫

图书在版编目（CIP）数据

狐狸的灼心 /（法）妙莉叶·芭贝里著；张姝雨译
. -- 北京：中信出版社，2023.10
ISBN 978-7-5217-5908-2

Ⅰ.①狐… Ⅱ.①妙…②张… Ⅲ.①中篇小说－法国－现代 Ⅳ.① I565.45

中国国家版本馆 CIP 数据核字（2023）第 137902 号

Une heure de ferveur by Muriel Barbery
Copyright © ACTES SUD, 2022.
The simplified Chinese translation rights arranged through Rightol Media（本书中文简体版权经由锐拓传媒取得 Email:copyright@rightol.com）
Simplified Chinese translation copyright © 2023 by CITIC Press Corporation
ALL RIGHTS RESERVED
本书仅限中国大陆地区发行销售

狐狸的灼心
著者： ［法］妙莉叶·芭贝里
译者： 张姝雨
出版发行：中信出版集团股份有限公司
（北京市朝阳区东三环北路 27 号嘉铭中心 邮编 100020）
承印者： 嘉业印刷（天津）有限公司

开本：787mm×1092mm 1/32 印张：7.5 字数：134 千字
版次：2023 年 10 月第 1 版 印次：2023 年 10 月第 1 次印刷
京权图字：01-2023-4449 书号：ISBN 978-7-5217-5908-2
定价：49.80 元

版权所有·侵权必究
如有印刷、装订问题，本公司负责调换。
服务热线：400-600-8099
投稿邮箱：author@citicpub.com